Gaea

Gaea

獵命師傳奇

FateHunter

獵命師傳奇系列【卷十三】

九把刀Giddens 著

「不可詩意的刀老大」之

投名狀D

大家好，又到了寫序的時間，這就表示我終於又推進了一集了，眞的是很讓人感動啊，這次可以看到這份屌序的人，表示你們不是很介意獵命師的封面換了人畫，謝啦！眞的夠意思！

所以就先從封面換手開始說起吧。

大約在三年前，我跟大陸出版社的編輯群一起約到香港玩，其中一個景點是一代小說宗師黃易他家（從黃易他家的藏書之豐之廣，就可知道大師之路絕非僥倖，眞的讓人嘆服），除了一直默默烤牛排的黃易之外，大家都玩得很開心。

見了大師，自然都是擠上去要簽名，而當時同行的一位插畫家，更興致勃勃地拿了幾張畫稿給黃易看，希望能有進一步的合作。但我看黃易一臉興致缺缺，便湊過去看了那幾張畫稿一下。

這一看，眞喜歡，很有靈氣。當天晚上回飯店，就去敲了那位插畫家的門。

「我說九把刀啊，我對男人沒有興趣。」插畫家從門縫裡害怕地看我。

「……最好是我想肛肛你，我是要看你白天給黃易看的圖啦！」我推門。

就這樣，我們合作了。

那插畫家便是翁子揚，我親自找的，當然很優秀。翁子揚用色大膽，筆觸快意奔放，爲《獵命師傳奇》的出版奠定大好基礎。須知道，每一個做出版的人都在尋求好的封面與好的設計，有了翁的力量，我很幸運。

於是持續了兩年、共十二集《獵命師傳奇》的並肩作戰。

這兩年多來我成長了不少，而翁在大陸也大有斬獲，已是頂級的插畫家。

到了第十三集的此刻，非常遺憾我們無法負荷翁子揚的新價碼，好聚好散。我永遠不會忘記那一晚我親自去敲翁子揚房門的情景。

敬你一杯，謝謝！他日英雄再見！

於是我們迅速展開了封面補強計畫，方案一個換過一個，其中包括我自己拍攝一張我親自cosplay烏拉拉倒立的照片當封面。我想大家那麼愛我，獵十三一定會賣到爆炸。

「要這張當封面也可以，首刷就從二十本起跳。」

編輯寒著臉，當著我的面，撕掉了我苦心cosplay烏拉拉的照片。

幹……沒有啦。後來我又在網路上徵求了一百個除了看獵命師、生命沒有其他意義的讀者，一起在寒流來的那天脫光光站在沙灘上大喊「斬鐵！」拍下一張魄力十足的照片當封面。我想說大家一定會覺得很感動，覺得這才是正港男子漢的封面！

「……這是性騷擾。」編輯撕掉照片。

於是我有三天的時間是在拘留所裡寫獵命師十三的。那段時間我心情很差，所以用很多架飛機把東京炸得亂七八糟，你看了就知道。

唉，我不管了。寫序的此刻我尚未看到新圖，但對最後的出線者，知名漫畫家練任，抱持著充分的信任，希望大家滿意啊，「獵命師」系列一定要充滿大家的強氣才能打開新的氣象！

嗯嗯，算一算字數，應該夠了。

「報告編輯！我序寫到這裡可以了嗎？」我很緊張。

「你都還沒開始亂寫，繼續！」編輯冷冷關掉視訊。

哎，其實我都馬很認眞。

那就說一下，爲什麼這次《獵命師》十三會拖那麼久才寫完好了。

簡單說，我的毛病跟蜘蛛人如出一轍，就是「能力越大，責任越大」。

這事話說從頭，得說很久。

大家看過李連杰、劉德華跟金城武合演的電影「投名狀」了吧？非常熱血，氣勢磅礴，票房一片大好，爲了狗尾續貂，不，爲了再接再厲，電影公司長了個腦袋要拍續集，且一定要比第一集更熱血——要如何辦到呢？這當然得找地球表面上最熱血的小說家九把刀啦！

那天，電影公司拿出重金請我主筆寫第二集的劇本，且是急速件。

「要我寫是沒問題，可是我不喜歡被打槍，我寫了就一定要用。」我裝大牌。

「沒問題！你九把刀嘛哈哈哈哈哈！」電影公司立刻端上茶來。

會有這層顧慮是有原因的。

話說以前另一間電影公司也找過我寫現在快上映的「功夫灌籃」的電影劇本，我很愛周杰倫所以立刻就答應了，寫了整整一個禮拜後交本，卻被打槍。

我很度爛，明明就寫得很好怎麼可能不用?!

後來我才發現是誤會大了，當時我在電話裡聽不清楚，聽成了「功夫灌腸」，所以寫了一百分鐘，關於一個天真浪漫的周同學，如何從什麼是灌腸都不懂的笨蛋，到有一天意外撿到一本由宮本喜四郎主筆的武林秘笈《十分鐘，你也能灌條腸》後，終於引爆了生命的奇蹟。

資質愚魯的周同學在苦練灌腸非常多個十分鐘後，不僅靠著灌腸的技術擄獲了正妹學姐的淫心，不，是芳心，還參加了大專盃校際灌腸大賽，遇上了宿敵金手指。大賽中，周同學在金手指的「衝天炮」秘技下險些被肛裂，後來快死掉了的周同學使出了防守絕招「夾死你鐵屁股」，加上火力超猛的絕招「千夫所指」後，勉強打敗了金手指，化敵爲友。

周同學與金手指，最後熱血大聯手，一路在地區賽過關斬將，一拐一拐地晉級了二〇〇八奧運指定項目「超級灌腸賽」，他們所要面對的，可是來自日本的灌腸歷史強隊「稻中桌球社」，到底誰會灌破誰的腸！誰！誰！誰！

「哈哈哈哈九先生實在太幽默了，不過還是請你把真正的劇本交出來吧！」導演笑得眼淚都流出來了。

「……這就是了啊！你要灌腸我就給你灌腸啊！」我有點惱火。

反正就這麼吹了，誤會一場，害我浪費很多時間沒寫《獵命師》。

回到投名狀。

投名狀太棒了，絕對可以爲了投名狀續集的劇本緩一緩《獵命師》，但問題是……

「可是電影裡，李連杰、劉德華、金城武不是都死光了嗎？續集要衝蝦小？要演剩下來的山寨弟兄到處收集七龍珠，讓他們三個結拜兄弟復活嗎？」我不解。

「唉，這就要靠你啦！不過日本人很會告人，你不要搬七龍珠出來害我啊！」電影公司嘿嘿嘿擦著冷汗。

「好吧，那我仔細想一想，一定可以找出辦法的。」我很有自信。

「還有，再告訴你一個好消息！我們公司不僅買下了投名狀續集的電影版權，還買下了頭文字D續集的電影版權，所以這兩部戲要合拍成一部戲，更有噱頭，就叫——投名狀D！」電影公司得意洋洋。

「靠！那麼強！」

「眞的很強吧！」

「不過這要算兩部電影劇本的錢啊！」

「那當然！那當然！總之劇本越快越好啊！那些大牌的檔期很難橋的！」

如此如此，我就開始寫了。

投名狀D最大的癥結就是死者不能復生，亂復活的話，觀眾會發出噓聲罵這是什麼爛片，所以我換了一個更棒的方法。

……那就是黃飛鴻與十三姨陰錯陽差登上了賭神號，解救了正好遇上詐賭麻煩的陳小刀，兩人惺惺相惜之際，突然出現一堆恐怖的邪獸上船搶女人，眼見十三姨要被抓走，鬼武者劃破時空適時出現解救，殺退了邪獸。

「真是太棒了，我們三人非得結拜一下不可！」黃飛鴻豪興大起。

「那麼，兄弟結義，各殺一外人，從此兄弟的命就是命，其他的，皆可殺！從此後禍福與共，死生相依！」陳小刀立刻拿出香來，激動得很。

「好耶！」鬼武者笑得很燦爛：「大哥是對的！大哥是對的！」

於是黃飛鴻、陳小刀跟鬼武者三人歡天喜地分別殺了船長、副船長跟十三姨，立了投名狀。三人以頭髮最少的人當大哥，那當然就是黃飛鴻黃師父了。

但沒了船長跟副船長，大家很快就在大海迷航，不知所措。

此時奇蹟出現，一輛改裝過的AE86出現在大海上來回奔馳，還不停地做多餘的甩尾動作，行止囂張，激起無數浪花。

當然啦，駕駛者就是我們的周同學。

「臭小子，你那是什麼車啊！」被噴到水的黃飛鴻看不過去了。

「AE86啊！」周同學嘴裡含著滷蛋。

「AE86？哈哈哈哈哈哈哈，要不要挑一下？」陳小刀拍拍賭神號。

「隨便啊。」周同學在駕駛座旁放了一杯水。

於是三個兄弟就輪流跟周同學在大海上尬起船來，從白天尬到晚上，終於……

這劇本眞的不好寫，足足費了我兩個月時間。

不過這都是值得的，能夠一口氣跟這麼多大牌合作，雖然是他們的榮幸，但我也頗有光彩。而且下個月我就會收到寫電影劇本的酬勞，靠，眞的很期待上面的那一串零！

這就是《獵命師》一直拖稿的原因。這段期間讓大家苦苦守候了，眞的很不好意思，那麼我們就開始吧！這集的《獵命師》依舊是火力全開，熱血加速！

戰鬥啦！

獵命師傳奇系列【卷十三】

獵命師傳奇

目錄

〈名動天下的失敗〉之章

第360話

「我有點搞不清楚了，我爲什麼要變強。」
「因爲，我喜歡跟天下無雙的男人在一起。」
「妳喜歡嗎？」
「阿通很喜歡。」

笛聲迴盪在空谷裡，悠悠轉轉，時而細如流水，時而令落葉感動打轉。

一隻麻雀聽得醉了，幾乎要從樹上摔了下來。

就連神祇親自吹奏也不過如此吧。

細指撫笛的，是一個年方十七的少女。

雖不是美若天仙，但少女的模樣清麗，笑起來白白的牙齒眞好看。

穿著尋常人家的衣服，赤著腳，坐在河邊的青石上。

少女受雇爲村子裡的大戶人家洗衣，累了，便在河邊吹起笛子。身旁的竹簍子堆了好幾件衣服，看樣子，還得洗上好一陣。

笛聲稍歇，正想繼續工作時，林子裡突然飛出幾十隻慌亂的燕子。

少女看著那頭，一個充滿野性的男人大步奔出林子，氣喘吁吁地。

縱身一躍，竟奮力越過了半條河，再重重地落在最大的那一塊石頭上。

這男人風塵僕僕，身材高大，骨架雄奇，不管站在哪裡都是眾人的焦點。

「怎麼那麼喘？」少女笑笑。

「信不信，爲了快些見到妳，我可是跑了三天三夜呢！」那男人大笑。

少女好開心，從頭到腳打量了這個站在大石頭上的男人。

三年前在這條河邊洗衣服時，認識了這個漂在河裡、奄奄一息的男人。說是浮屍也不爲過吧。

有整整兩年的時間，少女一邊洗衣服，一邊看著這個迅速康復的男人踩著河水，用削扁的木頭練刀。精力充沛，像猛虎出柙一樣。

常常這男人可以毫不間斷連砍一千刀，每一刀都震裂了空氣。

有時候，這男人呆呆地拿著沉重的木刀，有點疑惑地看著眼前不存在的敵人，一恍神，就恍過了大半天。

不管是狂砍還是發呆，少女都自顧自洗她的衣服，不加理睬。

偶爾少女吹著笛子，男人就會盤坐在河石上，入定般靜靜聽著。

少女總是有洗不完的衣服，有一雙與她年輕的臉毫不相稱的、粗糙的手。

後來也順便幫這個男人洗。

大概看了這男人揮了兩百萬次的刀吧，一年前，這男人突然說他要走。

少女連問都沒有問，帶著笑容就說：「那眞是太好了呢。」

這句話讓男人感動得無法言語，跪在地上，請求少女愛他。

此後，這男人不管到了哪裡，打了多麼驚天動地的架，男人都會喜孜孜地回到這條河，尋著笛聲，找到正在河邊洗衣的少女。

「這次怎麼這麼快就回來了，是不是外面的世界不好玩了？」少女放下衣服。

「不，好玩！真的是很好玩啊！」那男人抽出掛在腰上的刀，大吼：「不管到了哪裡，只要打敗那裡最強的男人，就會獲得很了不起的東西呢！一點也不含糊，只要繼續變強就不會有疑問了！」

在大吼大叫的時候，男人在河上的石頭上跳來跳去，猛力砍著空氣。

每一刀都因爲太興奮了，用力過度，顯得大而無當。

每一刀都因爲男人的心思全放在少女身上，充滿了可笑的破綻。

少女笑著。不是像千金小姐一樣摀著嘴笑，而是咧開嘴歡暢地笑。

她越笑，男人砍的刀就越笨拙，越像小丑跳舞。

那種爲了取悅女人亂七八糟揮刀的模樣，絕對不會是你想像中的那個人。

宮本武藏。

還不是宮本武藏的，宮本武藏。

第361話

繾綣過後的夜裡。

院子吊著一壺剛剛溫過的劣質清酒，那香味卻美得很。

少女躺在武藏的胸口，聽著武藏渾厚的心跳。

「阿通？」

「我還沒睡。」

「這次我遇到一個和尚，他的棍子很厲害的。」武藏悠悠回憶：「我從來沒想過，原來棍子也可以打穿樹木，還能將石頭擊碎……差一點，我的心臟就停了。」

「幸好沒有呢。」阿通笑笑。

只要武藏還在身邊，就算他講了再多驚險刺激的經歷都無所謂。

因爲他平平安安地躺在自己的耳朵下，比貓還乖。

然後，武藏竭盡所能，用最誇張的語氣說了他與寶藏院胤舜的決鬥。

寶藏院胤舜是一代槍神寶藏院胤榮的眞傳弟子，胤榮的槍法全都毫無保留傳授給了胤舜。胤舜年紀不過二十五，是公認的武術天才，再平凡的招式到了他的棍上，威力就強大好幾倍。

像寶藏院這種習武的僧院，每天都有好幾個大言不慚的武人登門挑戰，武藏也是其中之一。想之當然，幾乎都被拒絕。

求見未果，武藏乾脆以粗鄙的方式一刀砍開了僧院厚實的大門，強要了一次與寶藏院胤舜生死對決的機會。

武藏用的是眞刀，而寶藏院胤舜也在棍上加了槍頭。

雖然拚的是生死，卻以兩人都沒有傷到對方性命的程度作結束。

「要不是我在對決到一半的時候就用肩膀的傷口，換來一刀砍掉他槍頭的機會，等到他這一棍頂在我這裡的時候，肯定不只是肋骨斷掉而已。」武藏指著右邊肋骨，圓形的紅色焦印。

阿通睜大眼：「眞的耶！」手指在上面刮著。

武藏有點得意，說：「那和尚不只棍子上的力量厲害，速度也是一流，在緊要關頭被我連攻了快一百刀，竟然全部都擋了下來，」

「可是你不是用刀嗎？」

「忘了說，他那根棍子不是平時練習用的木棍，而是精鐵燒煉成的，很沉，沒想到那和尚看起來瘦瘦小小的，竟然有那種神力。我們對了很多次，那股力量差點震掉了我的刀。」

「那你是怎贏的呢？」

「後來啊……」

武藏神秘兮兮地爬了起來，露出孩子氣的表情。

阿通坐了起來，看著武藏大步走到勉強可稱作院子的門前空地。

拔出大刺刺插在院子裡、已出現好幾處缺口的武士刀，隨意吹掉上面的泥屑，武藏高高舉起武士刀，對著一棵已有百年歲數的櫻樹。吐氣，呼氣。

「很意外，在對付那光頭和尚時，意外讓我發現一個秘密，我想，以前也一定有人理解過……不，光用理解絕對無法到達這樣的武技。」

距離櫻樹還有七步，武藏的身上散發出濃烈的殺氣。

那股殺氣壓得阿通不由自主屏住呼吸。

大喝一聲，武藏一刀斬出。

刀尖指地。

「……」武藏瞇著眼，看著紋風不動的櫻樹。

「……」阿通伸長脖子，看著武藏看著的那棵櫻樹。

沒發生任何事。

「剛剛手感有點不對勁。」武藏臉紅了。

「嗯。」阿通忍住笑。

武藏重新凝聚殺氣，這次殺氣聚攏得又快又急。

不多等待，這次也不大吼大叫了，武藏一刀飛快斬出。

這一刀的破空聲很驚人，但，那棵似乎應該被怎麼樣的櫻樹還是老神在在。

「再一次。」武藏的耳朵也紅了。

「加油！」阿通鼓舞。

於是武藏在思考之前，身體已經揮出了下一刀。

這一刀同樣聲勢嚇人，如果被它劈到了，絕對砍成兩半。

但……那櫻樹還是完好無傷。

武藏又一刀。

又一刀。

終於在第七刀時，也不知道是無意多了什麼技巧，還是脫卻了剛剛用的什麼累贅的技巧，總之，一道肉眼無法追見的「刀氣」沿著鋒口破射而出，將大樹整個削斷！

阿通驚訝得說不出話來。

不是沒有想過這棵大樹會受傷，但是整個倒下，就完全超出意料了。

根本就跟武藏直接揮刀砍樹的結果一模一樣，而且還不會傷到刀身。

這種招式，連一點武藝都不會的阿通也知道，這是何等的驚人！

「厲害吧！」武藏哈哈大笑，握刀的手持續感應著殘留的餘勁。

這一路跑回來，他可不只是跑跟睡而已。

武藏反覆從各個角度劈砍，拚命回憶那致勝的幸運一刀是怎麼使出來的。

……完全沒有頭緒，結論整個空白。

「這一刀一定將那個和尚殺死了吧？」阿通走到門邊。

「倒沒有，他也很幸運，那時我揮刀的角度沒有很好。」武藏又揮了一刀，當然沒有刀氣：「只不過刀氣的威力很大——就像妳剛剛看到的那個樣子，和尚只是被刀氣輕輕掠過，還是受了重傷。」

頓了頓，武藏心想：

雖然角度不好，但這股雄渾的刀氣掃到那個和尚身體的任何一個位置，都應該要立刻將他砍成兩半才對。如果談到力量，這一路上自己反覆練習的刀氣斬擊都沒有在對付和尚時，意外使出來的那一刀厲害……武藏很清楚這一點。

砍得斷大樹，劈得了大石，卻無法穿透那個和尚的身體……

一定，那個和尚一定用了某種神秘的力量保護了自己，不過絕對不是佛祖保佑之類的阿彌陀佛神力，而是一種「氣」。據說中國有一種武功叫「硬氣功」，說不定會有關係。

嗯，自己在那和尚倒下時，並沒有多此一舉走過去砍掉他的腦袋結束對決，而是在驚嚇剛剛揮出的那一刀……說不定他以爲是我刻意饒了他一命。

是了，那下一次出門就走過去寶藏院探訪一下肯定還在養傷的小和尚，問問他到底他練的是什麼武功好了？那小和尚不像他師父整天板著臉孔，很好說話的樣子……

「你在想什麼啊？」

阿通看著武藏呆呆站著的模樣，心中有說不出的滿足。

「現在砍出十刀，大概只能有一刀發出這樣的威力，用在實戰裡還不夠。」武藏回神，又揮了一刀，說：「依賴這種不成熟的招式，無疑自尋死路啊！」

說著，不等阿通回話，武藏快速絕倫地朝虛空連續砍出一百多刀。

與其說是太快了，太猛了更爲貼切。

像煙火一樣，刀起刀落的過程完全看不清楚，其中約莫有十三刀斬出了刀氣，範圍卻沒有剛剛那麼遠，只不過比原來的刀長更遠一些。無須靠著斷樹，武藏自己就可以感受得到。

可見，專心在一刀之中所爆發出來的力量，遠比連續快斬還要有看頭。

不過這可不行，一定要在任何狀態都能使出最強的招式……

「在下次出發前，我想將這種奇妙的力量鍛鍊到隨心所欲的層次。」

「你可以的。」

武藏將刀又插在院子裡，大步走向阿通。

兩人一起坐在屋簷下。

武藏看阿通的身子有點受冷，於是回到屋子裡拎起被褥，從後面裹住她。

「阿通，外面的世界好大，有各式各樣厲害的人，各種神奇的武功。」

「嗯。」

「像我剛剛那種招式，絕對不會是我第一個鍛鍊出來的技巧，在我之前一定有更多的怪物練出那種招式，或更厲害的招式。妳知道嗎，我在用刀氣砍倒那和尚時，他的師父，那個叫胤榮的老傢伙竟然一點驚訝的表情也沒有，一臉就是……『喔，原來如此』的表情。」

武藏滔滔不絕，比手畫腳：「我想，這就是武學之道最不可思議的地方，看看我正在走的路，然後知道這條路已經有人走過了，這個時候就會很不甘心，會想，比起當年他們踏上這個位置的我，我是不是還來得太晚了？我的資質沒有問題嗎？繼續走下去的話，我是不是永遠都在重複別人已經走過的人生、領悟的都是別人早就參透了的武功？」

阿通的頭，輕輕倚在武藏的肩上。

「每次我都會很生氣，我說，總有一天，我一定要衝到這些人都沒有走過的地方，看到這些老傢伙一輩子都看不到的風景。嘿嘿，就只有我才看得到！」武藏在說這些話的時候，並非一個懷抱偉大志向的武者，更像一個小孩。

「光是聽你說，就覺得好有趣喔。」

「……」武藏有點感動。

自己剛剛說的那些熱血萬千的話，都不及阿通這平凡的三言兩語。

只不過……

「妳……妳不怕我死掉嗎？」武藏有點笨拙地說。

「只要你成為天下無雙，就不會死掉了啊。」阿通天真無邪地看著他。

「……」武藏怔怔地看著他的女人。

不，他的女神。

「快點成為那樣的男人吧，我的武藏！」阿通笑嘻嘻地。

這是，何等的愛啊！

武藏用力抱住阿通，不讓她看見自己難看的眼淚。

「沒問題！只要繼續變強的話，就一定沒有問題！」武藏抱得好緊好緊，阿通都快要不能呼吸了。

直到眼淚都乾了，武藏才放開快要窒息了的可憐阿通。

兩個人回到床上，像兩隻小狗摟著睡覺。

阿通摸著武藏佈滿鬍渣的粗獷臉龐，刺刺的，好好摸。

「武藏，如果有輪迴，眞想下輩子再這樣摸摸你的臉。」阿通憐惜地說。

武藏微笑。

只有在這個女孩面前，他才是這種模樣。

跟他交過手的人絕不會同意，他們一致認爲武藏是個囂張跋扈的惡魔。

「那個時候的你，可不能把我給忘了。」阿通小小聲地說：「阿通就算是當一個小小的丫鬟，也很樂意在後面服侍武藏，讓你開開心心去做想做的事。」

「我配不上妳。」武藏眞摯地說。

就連捧著她的小臉，都生怕指甲裡的污垢弄髒了她。

兩人許久未語，阿通的睡意漸濃，任武藏輕輕拍撫她。

每次武藏回來，阿通就特別好睡。她眞喜歡被輕輕拍著睡覺。

「還記得我們相遇的那一天嗎？」武藏摸著阿通的頭髮。

阿通沒有回話，只是微微動了一下身子。

「當時我在水裡漂啊漂的，很冷，冷得我想這麼死去都沒有辦法，意識清醒得很。」

武藏吻著阿通微微發熱的臉頰，吻著回憶：「當時我想，若這樣還不死，我一定可以成爲天下無雙的男人……但一點也動彈不得呢。」

「好棒喔，你有那麼好的自信。」阿通含含糊糊地說。

「謝謝。我眞的可以的。」

更肉麻的話，武藏沒有辦法說。

那就是：我一定要成爲天下無雙，才能匹配得上妳啊。所以我一定會的，一定一定。

蜷縮在武藏身上的阿通漸漸睡著。

武藏卻沒有辦法入眠。

他太開心了。

「只要你成爲天下無雙，就不會死掉了啊。」

武藏的眼淚，又流下來了。

千年一敗

命格：情緒格

存活：九百年

徵兆：宿主通常是戰無不勝的某領域霸王，例如億萬合約的球星、叱吒風雲的拳擊手、牌桌無敵的賭神、考試沒拿過一百分以下的天才等等，但都會在最重要、最關鍵的某一場比賽或考試中失敗。且一敗塗地，幾乎沒有可能在人生中翻盤。

特質：慘到極點，宿主的失敗將被當成經典案例討論，大家會興致勃勃討論你失敗的故事，用各種分析圖歸納出你失敗的原因，並好心地結論你的失敗對世人帶來什麼樣正面的影響。簡直就是流傳千古的敗北。

進化：大敗亡

第362話

三個月後，武藏離開了那條充滿笛聲的河流。

先是到寶藏院向胤舜討教了關於神秘護身術的奧秘，接下來，便循著雖然正在沒落、卻盛極一時的吉岡家名聲，來到了風雅的京都。

對武藏來說，風雅之於一個手上拿刀的人，眞是太多餘了。

一樣，用武藏最擅長的破門而入，大剌剌地用逆刀砍了十幾個攔在院前大聲喝斥的吉岡門生，然後一鼓作氣衝到吉岡一門練劍的道場，站在三十幾名上身赤裸、正拿著木劍彼此對打的武者前。

——從來沒有見過這種沒有禮貌、說幹就幹的「刺客」。

「初次見面，我是來找這裡最強的人，然後打敗他。」武藏滿不在乎地掃視眼前這群明明在做些沒幫助的練習、卻把自己累得滿身大汗的傢伙。

一下子，武藏的視線就停在一個最高大的男人身上。

野獸的本能，讓他立刻明白該找誰打架才能滿足他戰鬥的慾望。

「你一定是吉岡清十郎了。」武藏看著那一個比他還高出半個頭的男人。

那男人的汗水裡，有著與其他人不同的氣味。

「哈！哈！」男人乾笑了兩聲，拿著比一個人臂膀還粗的木刀。

這男人一笑，所有人都笑了起來，練習的汗水熱騰騰滴在地上。

「用眞刀吧，以爲輸了只要求饒就能打混過去的勝負，沒辦法讓我變強。」武藏毫不客氣，瞪著高大壯碩的男人：「彼此都不要有遺憾。」

高大的男人看著遠處倒了滿地、忙著哭爹喊娘的門生。

這個瘋子般闖進的男人，若讓他死得太快，根本無法彰顯出吉岡家的手段。

「我想用眞刀的時候，我自然就會用眞刀。」

高大的男人冷酷地說：「但你不配，像你這種自不量力的闖入者只配死在這種木頭底下……別以爲你可以身首分離、痛快地閉上眼睛。我會狠狠地痛揍你。」

沒錯。

被木劍活活打死的滋味可不好受。

說不定被一刀斬在腦袋上，眼珠子還會迸出去。

但武藏很失望。

這個號稱京都最強的男人，好像沒有傳說中的強？

如果眞的很強的話，不就會感應此刻站在他面前的男人，可是……

「我實在是太強了。」武藏將刀鞘扔在地上。

在眾人還沒有會意過來前，武藏凝力，朝後方猛力一揮。

「……」高大的男人。

「……」周遭的門生。

「……」武藏自己。

什麼事也沒發生。

「我……眞的很強。」武藏有點氣惱，再拔勁往左砍出一刀。

唰！

明明就還有十步距離，在武藏的左側卻有三個門生的腦袋飛上了半空。

三個月的苦行，造就二分之一機會的刀氣斬殺力，已是現階段武藏的極限。

鮮血從三隻斷脖子的斷口往上暴衝，然後雨點般落在每個人的臉上。

高大的男人呆住了，指了指臉上的血滴。

所有人都呆住了，手中的木刀頓時變得很沉重。

武藏如猛虎般的凶眼，狠狠地發出青色的光芒。

「請用眞刀。」

第363話

渾身染血的武藏，昂首闊步地走在京都大街上。

他媽的，原來剛剛砍錯了人，竟然浪費那麼多時間在跟不強的人互相砍殺，到最後三十幾把武士刀氣急敗壞朝自己身上砍將過來，逼得只好統統殺掉。

對，就是氣急敗壞。

輸的人很可能會死，這不是一開始用眞刀決勝負就很清楚的事嗎？爲什麼旁邊的人要硬插手？還滿臉不甘心、惱羞成怒呢？

邊走邊想，終於來到最後嚥氣的那門生口中的妓院。

嘿嘿，那門生死前還冷笑：「……去吧！快點去吧！」

一臉就覺得武藏將死在這間妓院裡似的。

而武藏的心底眞誠希望，妓院裡的那個人，有名符其實的強大。

進妓院就不必敲鑼打鼓、也不必踹門了。

所以武藏用嘴巴亂問一通，就來到了最豪華的房間門口。

武藏站在雅緻的院子裡。

小橋流水，假山環繞，真是個刻意風雅、卻極其庸俗的脂粉之地。

他考慮著是否要逕自打開門，但這跟以往的直趨而入大不相同，老實說……真不想突然看到那種畫面啊。武藏皺眉。

此時房內傳出聲音：「外面的野獸，何妨再等一下？」

於是武藏滿意地站在院子裡，抬頭看著天空，悠悠地想從浮雲裡悟出新的招式打發時間。心想，真正的吉岡清十郎真不錯，果然跟我一樣，天生就擁有察覺高手氣息的能力。

不會錯的，等一下的彼此砍殺一定很有意思。

只要能活下來，就能繼續變強。

那人肯定是我。

一盞茶的時間，門終於打開。

六個妓女懶洋洋地坐在房間兩側，衣衫不整，沒有一個把奶子仔細塞好。一個披頭散髮、體態略間單薄、眼眸子裡卻流動著冰冷氣息的男子。

「……好體力。」武藏頗爲不悅：「但你該不會想藉機推託，擇日再戰才公平吧？」

「眞的不能用這種理由嗎？」吉岡清十郎失笑，有點無奈地坐了起來。用腳趾勾了一下繫住刀鞘的花繩，將刀慢慢勾到自己的手上。

眞是輕佻的劍客……不過如果實力很強，再更輕佻一點也無礙。武藏心想。

「來挑戰吉岡的，都是爲了名利吧？」吉岡清十郎摸著刀，提議：「這樣吧，我買了這六個女人跟我廝混到明天早上，但……現在不過才下午，我想我有點托大了。怎麼，我分你三個女人，咱們一齊享用吧？」

「……」

「如此一來，你便可以跟外人吹噓，你跟大名鼎鼎的吉岡清十郎一齊享用過女人呢！哈哈哈哈哈！」吉岡清十郎大笑，六個妓女也笑得花枝亂顫。

「我想變強。」

「那六個女人都賞給你如何？如此你便能說，你狠狠搶了吉岡清十郎所有的女人，這可是天大不得了的大事喔！」吉岡清十郎攤開兩手，一臉苦澀。

「失禮了，我誤以爲你弟弟傳七郎是你，所以斬殺了他。」

武藏指了指衣服的血漬。

「唉呀，有人爲了這種事道歉的嗎？」吉岡清十郎笑了出來，突然消失了。

！

武藏本能地往後一猛跳。

只見吉岡清十郎站在剛剛武藏站的地方，若無其事地將刀扛在肩上。

鮮血，從扛在肩上的刀尖口聚集成珠，滾落在地。

嘶……武藏的胸口迸開，露出一道不淺不深的血線。

太棒了！這個人的刀速眞是不同凡響！

無須突破空間的刀氣，這個人飛身、拔刀、疾砍的體勢與速度，全部都凌駕在過去每一個差點殺死自己的對手之上。

「我弟弟一點也不強。」吉岡清十郎面無表情。

「我無意殺他。」武藏舉起刀。

「不，你有選擇。」

吉岡清十郎凝視著武藏的眼睛，將他的冰冷鑽進：「即使你剛剛砍殺的人就是眞正的吉岡清十郎，那麼，你應該感覺得到，那個人完全不是你的對手——你既然知道，又爲何向完全不是對手的吉岡清十郎揮出刀子？」

「……」

「像你這種人，不過是貪取虛名的小人。」

吉岡清十郎冷笑：「一點也不足畏。」

說著，他再度消失。

鏗！

這一次武藏沒有眨眼，奮力揮斬，架開了吉岡清十郎這快如閃電的一刀。

吉岡清十郎一擊沒有得手，順著武藏雄渾的刀勢斜身滑開，反手，竟在武藏的背上由下往上逆砍出一刀。一氣呵成。

武藏迅猛地退開，果斷地拉開距離。

灼熱的鮮血從背上湧出，使這場戰鬥的氣息更加濃郁。

「我了解了，我的確錯砍了他，也許當時我太希望盛名的背後會有一點驚喜吧。」武藏氣喘吁吁，才兩刀，就讓他全身的毛細孔都打開來了：「可惜你弟弟的刀法裡，實在一點驚喜也沒有，就這樣糊里糊塗地死了。」

不是故意挑釁，武藏實話實說。

吉岡清十郎臉色一沉，卻沒有立刻動手。

「曾經有個自稱會看手相的江湖術士跟我說，我的身上擁有不可思議的命力。」吉岡清十郎慢慢說道：「會一直遇到強者，終生充滿殺戮，即使我不出門，那些追求虛名的瘋子照樣會登門挑戰。所以，我一直在清除像你這樣的人。」

冰冷的殺氣，從吉岡清十郎的身上勃發出來。

像是寒冷的春泉，從武藏的頭頂一路澆灌而下。

「那術士說的不錯，眞希望我也有那種好東西啊。」武藏享受著這種等一下不是活著就是死掉的緊張感，野性地笑：「不過，那術士可有說，你今天會遇到最後一個強者？」

「說得好。先砍掉你的嘴！」

吉岡清十郎身形晃動，一下子竟繞到武藏的背後。

「過癮！」武藏快速絕倫地往後一砍，刀氣縱橫！條！

沒有選擇進逼，吉岡清十郎斜身閃過無形刀氣，頭髮卻給削落了幾絲。

刀氣直奔，將一塊造景山石如豆腐般切碎。

「原來如此。」吉岡清十郎冷冷道，提刀再攻。

這個「原來如此」，可真是對武藏的最高讚譽了。

一瞬間，吉岡清十郎攻了十刀。

武藏左支右絀，擋下了五刀，也中了五刀。揮空了五刀——就算刀氣十足也沒有用，斬得草木破飛罷了。

吉岡清十郎的腳和他的刀一樣快，若不是武藏的刀擁有神秘的刀氣威嚇，註定在一開始的這十招以內，武藏就會死在清十郎的刀下。

可怕的是，清十郎的刀沒有一定的軌跡，從任何方向都可以完成超高速的斬擊，也不輕易斬出無效的攻勢——非常接近高翔雲端的老鷹瞄準地上的白兔、俯衝直下一定要得手的冷酷狠勁。

「嘿！」吉岡清十郎低身衝出，這一刀又輕輕切中了武藏的大腿。

「呼！」武藏的刀刮起疾風，卻只劈到了吉岡清十郎的影子。

總是慢了一著嗎？

比起吉岡清十郎迅速確實的動作，武藏像是第一天學會拿刀的蠢漢，只會大動作的亂砍亂揮……但武藏比起其他武者，卻又已算是超高速派了。

清十郎的兩隻腿徹底掌握了空間。

關鍵是腳。

厲害，這個世界眞大啊！

武藏暗忖，如果在這個時候，能夠雙手同時使刀的話，就……

沒錯，怎會這麼晚才想到如此理所當然強化自己的方法呢？

如果雙手都可以同時使出刀氣，厲害的程度就像是兩個心意相通的絕世高手完美地合作，絕對可以封鎖像清十郎這種……嚇！

又一道從下至上的白色閃光，讓武藏的耳朵差點就被削掉了。

「跟我對打的時候，竟然敢分神？」吉岡清十郎冷笑。

看似吉岡清十郎游刃有餘，實際上他對武藏凜然生懼——從來沒有人能夠在他的刀下苟延殘喘那麼久，而只要武藏的刀、或刀氣斬中了他的身體，只要一刀，生死便瞬間逆轉。

然而吉岡清十郎到底是箇中高手，越是危險，他的集中力就越出色。弟弟的死帶來的憤怒，在此時已經遠遠落在邊界，毫不影響。

「唔——」

「呼！」

兩人身影交錯，卻沒聽見「鏗」地一聲。

那便是有人中刀了。

武藏的胸口冒出一股鮮濃的血箭。

立在池水上的巨大假山爆出一陣灰煙。

「……」武藏已經頑強地中了十二刀，清十郎卻只是掉了幾條頭髮。

但武藏的精神力跟他身上的傷完全兩回事，他異常高亢。腎上腺大量分泌的結果，竟然使新受的刀傷迅速止血，還散發出火藥般的氣味。武藏的表情、姿態，乃至靈魂，都好像一座巨大的不動明王神像。

負傷的野獸最危險，因爲牠會不顧一切撲過來……吉岡清十郎冷靜等待那個瞬間。只要一下下，如蠶絲細小的那麼一下下，一刀就結果了武藏。

只見武藏遲遲沒有進攻，好像在發呆，眼睛看著兩人刻在地上的影子。

吉岡清十郎可不是等閒之輩，不管武藏是眞的發呆，還是裝模作樣，清十郎豈會錯過武藏失神的機會？但他卻有些無法動彈，身體本能地不想主動追進。

武藏遲遲沒有動作的樣子有點可怕……不，應該說是難以理解。

「關鍵是腳。」武藏像是突然下定決心。

「……」

「我決定先斬掉你的一隻腳，如果可能──兩隻腳都斬。」

「眞是了不起的結論。」

吉岡清十郎嗤之以鼻，心裡卻是一陣古怪。

武藏盯著吉岡清十郎的影子，不，應該說是腳。

「……」吉岡清十郎慢慢地走著，繞著武藏，繞著，繞著……

位於纏繞圓心的武藏面對著吉岡清十郎，調整呼吸，一邊用眼角餘光確認周遭的戰鬥視野。

聽了武藏剛剛那些不加修飾的話，清十郎的姿態竟然有些僵硬。明明知道是心理受到影響，卻還是起了疙瘩。混帳……絕對要你付出代價！

唰——

吉岡清十郎衝出，一刀橫切向武藏的腰。

鏗！

武藏驚險地擋住這若有似無的一刀，知道這只是吉岡清十郎的攻勢前奏。

就在吉岡清十郎反身再劈一刀時，武藏用極暴力的姿勢朝清十郎的下方快斬。

「咗，又是這種大而無當的招式。」

清十郎輕鬆跳開，卻見刀氣猛烈地撲向假山下的池水，斜斜地爆開！

無數道水劍衝向躍在半空的吉岡清十郎，狠狠撞上了身子有些單薄的他。

這可不是尋常的水柱，勁力非凡！

「不妙！」吉岡清十郎的身子失去平衡，往後飛倒。

就在他的背快要撞上身後的假山時，武藏的刀來得更快。

龍捲風似地，吉岡清十郎的兩條腿「啪地」離開了身體。

一陣凌亂的水花，吉岡清十郎整個摔落在院子的大池子裡。

很快池子就紅了。

只如此單調的一刀，巨力萬鈞地逆轉了戰局。

剛剛還笑笑坐在房間裡欣賞武藏被虐殺的六個妓女，至此尖叫一哄而散。

武藏很平靜，全然沒有勝利的喜悅。

吉岡清十郎也很平靜，他的眼睛甚至沒去尋找失去的兩隻腿飛到了哪。

浸在冰冷的池裡，加速了斷腿處的大失血，才幾個眨眼腰部以下就快沒感覺。

「吉岡清十郎，我問你，當今之世，誰是最強？」武藏舉起刀。

這是勝利者的權力。

吉岡清十郎覺得有些諷刺，以往自己殺人時總是快勝電光火石，根本不屑問對方任何問題。連問問敵人名字這種虛應了事的最後敬意也省了。

現在，卻是這個男人在質問自己。

「……柳生宗矩、夢想權之助。」吉岡清十郎說話的時候，嘴唇已經發麻。

武藏默默記下這兩個、必須進一步互砍才能幫助他成爲天下無雙的男人。

「不過，比起名聲響徹雲霄的這兩人……都沒有我某日出遊，經過出雲山徑時，不意看見一名無名劍客對著群燕練劍，要來得印象深刻。」

吉岡清十郎有點頭暈。

比起了解眼前這個男人是怎麼鍛鍊出，僅僅從父親口中提過的可怕刀氣，他更想在死前喝一口剛溫過的清酒，暖暖身子，好上路。

「對著群燕練劍？」

「我見到他的招式，立刻決定轉身就走，越遠越好……這是身爲劍客的恥辱，但我還想留著命抱女人，劍客的驕傲？哼。」吉岡清十郎輕蔑地看著武藏，冷冷地說：「如果你繼續往前走，總有一天你會遇見他，然後死在他的劍下……」

武藏笑了。

「不可能的。」

「？」

「我的女人，她准許我成爲天下無雙。」

「是嗎？」吉岡清十郎嗤之以鼻。

突然之間，吉岡清十郎打了個哆嗦。

好像有什麼東西帶著一點點的溫度，從剛剛那一口哆嗦中離開了清十郎。

不知怎地，武藏往後退了一步。

……有點頭暈目眩，差點跪了下去。

掌心有點異樣的灼熱，背脊湧出瀑布般的冷汗。

吉岡清十郎只剩下孱弱的一口氣。

武藏放下刀。

「不殺了我永除後患嗎？」清十郎閉上眼睛。

……永除後患？

這是威震天下，吉岡一家最後的幽默嗎？

「好好回憶人生吧。」

同樣重傷的武藏轉身，用若無其事的神采說道：「下了地獄，告訴閻羅王你是被一個叫宮本武藏的男人殺死的。十年後，黃泉下的你不會感覺到一絲屈辱。」

那夜，京都洛外下松，一百名忿忿不平的吉岡門生伏擊了傷痕累累的武藏。

早晨，人們在城外發現一百條驚駭莫名的屍首，還有一條孤獨遠去的血跡。

歷史開始知道，有個名字一定會千古傳頌下來……

風的種子

命格：集體格

存活：五百年

徵兆：宿主的身邊隨時隨地都處於有風的狀態，即使行走於密閉空間裡，還是會突然刮起一陣又一陣的風。

特質：屬於與大地節氣息息相關的數種珍貴命格之一，宿主的情緒越亢奮，能夠召喚出來的風也就越大越猛。文獻記載的案例並不多。

進化：接近天命格的形式，長久持練可進化成阿修羅風。

第364話

四下蛙鳴，小草屋前。

地上的火燒得柴枝畢剝叭響。

柔軟的笛聲稍歇，武藏將酒斟了一大碗。

「這次我出門，又打敗了一個非常厲害的傢伙。」

他滿足地喝了一大口，將碗遞給阿通。

「他很強嗎？」阿通也輕輕喝了一口。

「在我這裡留了一道疤痕呢。」武藏掀開衣服，露出精實的肌肉。

一道從胸口斜斜橫下、直至肋骨下方的新鮮疤痕。不只如此，還有很多大大小小的刀傷，全都是同一把刀刻下來的。

從受傷到結痂的時間，就是武藏從京都慢慢走回小河邊的旅程。

阿通的手指小心翼翼地順著那些還燙著的刀疤，檢視著，關心著。

「這次我學到了，光是依賴刀氣跟氣勢還不夠，我腳上的速度還得更快才行。」武藏接過碗，貪心地又喝了一大口：「還有砍出的角度，控刀的手腕精細度也很有意思，那傢伙只是瞬間調整了一下，我就沒辦法跟他刀碰刀，而是白白挨了一下，嘖嘖……他是個天才，我得用更多的練習去學會他本來就習以爲常的技巧，眞不公平。眞的很不公平。」

然後武藏又說了很多。

交手瞬間應該怎麼佔據最佳的位置，如何用身法補足速度的不足，怎麼用地上的影子確認敵人來刀的方向，不可避免一定要挨刀時要用身體的哪個部位承受、較能在瞬間發動反擊等等……

阿通似懂非懂。

只是看著那條可怕的刀疤，看得出神。

武藏好久沒有受到這麼讓她心疼的傷。

「武藏啊……」

「嗯？」

「你可曾遇過向你下跪求饒的敵人？」

「一次也沒有。」

武藏看著呑噬柴枝的地火，呼吸著那原始而灼熱的空氣，說：「在決鬥時喪失性命也是意料之事，甚至是每一個追求極致武道的男人最好的死法。」

「倘若有人向你下跪求饒呢？」

武藏皺起眉頭，想了想，說：「我會在他膝蓋著地前，一刀結束他的性命，讓他光榮地用武士的身分死去。」

「原來是這樣。」

「怎麼了嗎？」

「我突然有種，害怕你會死去的感覺。」

以前沒有過的預感嗎？武藏沒有不安，反而將阿通纖細的身子摟得更緊。

眞好啊，有人擔心自己是生是死。

雖然肯定會妨礙修行，在關鍵時刻有所眷戀，但……那又怎樣？

他喜歡此時此刻的感覺。

阿通的手指經過武藏身上疤痕的時候，武藏感覺到一股鼓脹的疼痛感。

這可是在激烈互砍時從未感覺到的深層疼痛。

「求饒很丟臉的嗎？」阿通幽幽說。

「我想都沒想過，那算什麼？要求饒的話，一開始就別走這條路。」

武藏斬釘截鐵。

能夠爲了我，在快要失去生命的時候，跪著向敵人祈求苟活嗎？

阿通這麼想，可是卻不敢說。

當她越來越愛武藏時，她就知道，越不能阻礙這個男人去追尋他的夢想。拿刀互砍才是這個男人的快樂。而自己，不過是這個男人尋求安慰的港口。

這樣也好。也很好。

躺在懷裡，阿通滿足地呼吸從武藏身上散發出來的淡淡臭味。

如果這種甜蜜能夠成爲永恆，不知道該有多幸福。

「武藏啊……還記得我們的約定嗎？」阿通看著火光。

「要成爲天下無雙！」武藏大叫：「一定！」

粗魯的吼聲，就連地上的柴火也怕得發起抖來。

「還有……另一個小小的約定呢。」

「啊？」

「……就是，輪迴到下一世的時候，要記得阿通的臉喔。」

「哈哈哈哈哈！沒問題的，到時候還請阿通多多指教。」

「不是開玩笑的。」阿通有點煩惱，小小的臉蛋揪成了一團：「我好怕武藏你忘了阿通的模樣，到時候茫茫人海的，找不到武藏，阿通一點也不知道該怎麼辦才好，想幫武藏洗衣服、吹笛子，都沒有辦法……」

武藏很感動。

比起天下無雙——

想成爲天下無雙的理由重要得太多。

第365話

武藏出去，又回來。

武藏出去，又回來。

出去，回來。

一次又一次，身上的傷口一下子多，一下子少。

「我上次練習的二刀流，在實戰裡果然非常有用啊！妳看，像這樣，左右開弓，妳應該看看那個鎖鏈鐮刀好手的表情！」

武藏指著額頭上的腫包，大呼好險卻又洋洋得意：「不過他也眞厲害啊！差一點就死了！在上野回不來了！哈哈哈哈哈哈！」

阿通笑得東倒西歪。

「我的刀氣好像越來越有自己的意識了，連我的身體裡面也鑽得進去，跟寶藏院那些和尚教我的氣功有點相似的感覺，好希望可以從刀氣的生成裡領悟更多武學的奧秘啊……阿通，妳覺得我應該去找個老師父修行嗎？我有好多問題都得不到解答啊……」

那幾天武藏滿嘴的煩惱憂愁，卻是一臉的快樂。

倒是阿通又想出了新的曲子。

「有的人明明就一點名氣也沒有，卻強得要命，不知道平時都是怎麼練習的？像差點用奇妙『氣功』震掉我雙刀的山林野人，又像是跟我在飯館裡打架、用紙傘就可當作兵器的怪老頭。嗯嗯，這次我最大的收穫，就是不要因爲名氣的響亮與否評斷一個人。」

武藏信誓旦旦，對著天空，乾掉一大碗的酒。

阿通看著武藏，也乾掉了一小碗的酒。

「那個吉岡清十郎曾經提過的夢想權之助果然有兩下子，他用的是棍，但他的棍法跟寶藏院那光頭和尚又不大一樣了，妳看……這裡、這裡，跟這裡，都是骨頭斷掉又癒合起來的痕跡，雖然我有刀氣護身，骨頭還是斷掉了。」

武藏展示著身上的新傷痕，任阿通摸來摸去。

他一直都很喜歡如此帶著撫慰的觸摸。

「常常聽到敵人一邊出招，一邊在那邊亂吼亂叫的。阿通，我也蠻想要幫招式取名字，這樣比較有氣勢，喝啊喝啊的，感覺有名字的招式會比較強！」

「這樣好啊，這樣很有武學大師的風範喔。」

「嘿嘿，那要取什麼好呢？總之要有一點統一性，妳覺得用老虎怎麼樣？」

「用龍好了，龍會飛，比較厲害。」

「這樣啊！怪不好意思的，龍耶！」

武藏與阿通，當天晚上就幫所有的招式起了名字。

「上個月我在美濃遇到一個也會使用刀氣的高手，我不知道該不該殺他，因為看起來他好像才剛剛領悟了刀氣不久、還會繼續變強的樣子……可我在猶豫的時候，竟然不小心就把他給殺了，唉……贏得有點不快樂。」

武藏有點愁苦，看著插在地上的刀影。

阿通靜靜地洗衣服，一邊想像著武藏的心情。

「這次我在越前做武者修行時，遇到了很奇怪的人，他們十之八九是妖怪，竟然在夜裡吃喝活人的血！他們的動作很快，很像野獸，卻用人的語言說話，有的還會使刀！他們發現我在偷看他們，便主動攻擊我，但我一下子就把他們統統殺掉了，說起來也沒什麼了不起。倒是他們的血聞起來跟一般人的血不大一樣，好古怪的感覺……爲什麼我可以嗅得出差別呢？我也說不上來。」

武藏走來走去，一下子抓頭，一下子踢了一下土。

阿通張大嘴巴聽著，這是多麼恐怖的故事。

「我又聽說了一次，那個對著燕群練劍的高手的事。傳說他可以拔刀斬殺天空飛行的燕子，而且還是刀不回鞘、單一刀來回斬殺，很多人不相信，但我很清楚，他一定也是個領悟出刀氣的高手……如果吉岡清十郎當時看到的景象就是那個無名高手練習用刀氣斬殺燕子，那，他不只比我早一步進入刀氣的境界，而且，他的刀氣範圍還大大超越了我！」

武藏有點興奮，對著瀑布亂砍一通。

沒有人比阿通更高興了，她最喜歡看到武藏興致高昂的樣子。

「記得三個月前我回來時提到的那些吸血怪物嗎？這次我到但馬找人挑戰，沒找到該找的人，卻在山谷裡遇到了更多這種吸血怪物，他們非常地強，比上一次遇到的還要厲害太多了。嘿嘿，不過我也更厲害了，只受了一點傷就把他們殺得一乾二淨。怪的是，我一邊喝酒一邊等到天亮繼續趕路時，太陽一出來，那些怪物的屍體竟然燒了起來，還發出很噁心的氣味……噁！」

武藏瞪著阿通，然後用更恐怖的語氣渲染他跟怪物對決的過程。

阿通聽得一愣一愣，緊抓著衣角。

其實哪有什麼對決，根本就是武藏一面倒地屠殺那些見不得光的怪物。

「那個應該比我強的男人原來叫佐佐木小次郎，據說他是個天才，修行沿途都一直聽見他的名字呢。嗯，眞是羨慕。比起他，我聽到關於自己的評價都不大好，比如瘋子啦、野獸啦、狂人啦、著魔的武藏啦，其實只有我知道，這條路上哪有什麼眞正的天

才，就算是天才，也是很辛苦拿命在賭才能變強啊……」

武藏說話的模樣，就好像跟遠方素未謀面的佐佐木小次郎是多年好友一樣。

笑笑的阿通將剛剛煮好的熱茶，沖進冷掉的糙米飯裡。

「我這次出門砍人，聽說有三個專門幫人打造兵器的老人，他們的手藝獨步天下，各有特色，很多高手的兵器都是從他的手上鍛造出來的，妳看，這已經是我用過的第幾十把刀了，上面的缺口多得像什麼似的。有機會，我也想找那些老人幫我造兩把刀，一長一短，長長久久陪我砍人。」

武藏拿著從敵人手上搶來的兵器，兵器上刻了一個武藏看不懂的符號。

阿通湊臉過去看，瞧兵器色澤隱隱不凡，不禁哇地發出了讚嘆之聲。

那聲音，讓武藏下定決心無論如何要找到兵器大匠。

「妳猜對了，我又遇到那些喬裝成人的吸血怪物了。那個晚上他們完全衝著我來，不多，十幾個人，不過這次他們全副武裝，全部都是一流高手，逼得我只好又變強了，全部都砍了個乾淨。第二個晚上他們又來了，換了一批人，我照殺不誤，第三個晚上又來，第四個晚上又來……有完沒完，我殺了整整十七個晚上！」

說得可怕，武藏的身上卻沒什麼新傷。

阿通裸身貼著武藏，一顆心撲通撲通地跳。

兩人繾綣。

牆角隨意放著兩把暗藏流光的新刀，上面發亮著魚眼記號。

第366話

武藏的旅行總是帶著傷痕與笑容回家。

到了後來，武藏能說的越來越少，身上也不再有傷。

他在湍急的河流上走來走去，拿著一根木棒隨意舞動。

此刻的武藏，光是用雙手斬出的刀氣就足以削開瀑布。

如果有尋常刀劍砍在他身上，也會給武藏體內的先天刀氣反震，立即斷折。

武藏在河面上瞎走，回憶著這些日子以來他所遇見過的敵手，用手上的木棒與過去的魅影對打。掄，刺，挑，砍，劈，橫，擋，撤，圓，破，攢。

起初精神還有些集中，到了後來卻有點漫不經心，隨意動作，放心而爲。

那些過去的高手魅影一個一個出來，又一個一個再死一次。

在現在的自己看來，那些高手的破綻越來越明顯，攻破的方式可以千變萬化。

不，就算強攻對手不是破綻的強處，憑仗著強大的膂力與猛烈的刀氣，照樣可以將對手的腦袋掀下。即使要跟吉岡清十郎比速度，也不見得輸給了他。

沒趣了。

眞的好沒趣。

武藏煩悶，手中的木棒被刀氣迸散，隨風吹走。

又開始在河面上走過來走過去，有時突然將頭塞進沁涼的河水裡一動也不動。有時胡亂撈起沉重的河石，高高丟起，又重重接住。然後又開始走來走去。

阿通靜靜洗著衣服，看著武藏淨做些莫名其妙的事已大半天了。

「武藏……」阿通放下衣服，站了起來。

「嗯？」武藏把頭拔出水面。

「什麼事不開心了？」阿通歪著頭。

「我……會不會已經天下無敵了？」武藏皺眉，表情非常認眞。

「那很好啊！」阿通笑笑。

「是嗎？」說完，武藏繼續將頭埋在水裡。

阿通覺得武藏煩惱的樣子好可愛。

如果她的男人真的天下無雙了，那她就安心了。再沒有人可以傷害她的男人。不過阿通也有點擔心，武藏失去了對戰鬥的熱忱後，那整天無精打采的樣子。

那樣，她寧願武藏活在危險的精彩裡。

讓所有不安的等待都留給她。

有天武藏坐在瀑布底下沉思，任傾盆大水從他的頭頂轟然撞下。

明明就有很多事還不大明白，模模糊糊的一團又一團的影子在眼前擋著，可是，已經沒有敵人可以讓他斬殺，從中獲得進一步的解答。

年紀輕輕的，能不繼續砍殺嗎？就這樣傻傻坐著假裝悟了道，可以嗎？可以嗎？

現在這種尋求頓悟的模樣，不該是等到自己老態龍鍾才該進入的境界嗎？

難道，自己應該將刀氣鍛鍊到，足以一刀斬斷一座山那種境界嗎？

有可能達到那樣的境界嗎？不，應該問，真的練到了那樣的境界有什麼用？難道有那麼厲害的敵人需要用到「一刀斷山」的力量嗎？

突然打了個噴嚏，體內的刀氣陡然膨脹，瀑布整個往四面八方狂射而去。

「……」武藏呆呆地看著手上的鼻涕。

抬頭，又看了看坐在遠方洗衣，突然淋了一身濕的阿通。

兩人對看，突然一齊哈哈大笑起來。

這麼愉快。

武藏甩身躍下，像一枝飛箭落在阿通面前。

「我想去找那個，唯一可能比我強的男人。」

第367話

那個名叫佐佐木小次郎的男人，比起武藏，是截然不同的生物。

同樣帶著一把刀周遊列國，佐佐木小次郎也同樣打敗了無數對手。

比起一邊流浪一邊大聲嚷嚷的武藏，佐佐木小次郎的來歷顯得非常神秘。

關於小次郎的傳說也很簡單，那就是一刀。

一刀就結束對決。

「只用一刀」四個字，建立了牢不可破的最強傳說。

見識過小次郎殺人神技的旁觀者，也無法仔細形容小次郎斬殺的奧秘，甚至連是用怎麼樣的姿勢拔出刀都講得支支吾吾。

只是尋常路人也就罷了，就連眼睜睜親睹師父被殺的劍派門生，對於小次郎出刀收刀的姿勢與體態，講法都彼此矛盾，亂七八糟。

他們僅僅能飽受震驚地說著：「就那麼一刀！」

斬殺的技巧記憶不能，但他們卻對小次郎懸佩的那把長刀印象深刻。

那把刀長達三尺二吋，比任何一個武士所使用的刀都還要更長，儘管小次郎身材修長，但長刀還是拖到了地上。他不需出手，這柄長刀的外觀就足以留下很多關於奇怪招式的想像空間。

兵法有云：「一寸長，一寸強。一寸短，一寸險。」

但要使用這麼長的刀非常不容易，這是常識。曾經有敵手爲了侷限小次郎的長刀攻勢，將對決地點選定在茂盛的老竹林裡，想藉著堅韌又茂密的竹子讓小次郎的長刀反變成礙手礙腳的兵器，發揮不出該有的技巧。

這種幼稚的策略在決鬥開始的下一秒就被無情地攻破。

……就那麼一刀。

有人說佐佐木小次郎師承富田一派，但眞正與富田一派有淵源的人都對小次郎半點不知，卻又因爲謠言攀附而沾沾自喜。若有人問起，便若有其事地板著臉，說：「這是門內之事，不便說予旁人分曉。」

但眞相沒有人知道。

小次郎的談吐不凡，似是書香人家。

但眉宇間卻藏著一股冷峻的威嚴，像是鷹。

鷹可不是宅邸人家可以豢養出來的猛禽。

而武藏是虎。負傷的虎。

相對於聲勢兇猛的宮本武藏，佐佐木小次郎輕描淡寫地斬出另一片紅色天空。

儘管步伐不同，但行走於同一條路，這兩個人遲早都得分出勝負。

有太多人想要藉著小次郎的手斬掉武藏這頭兇獸，免得他到處咬人。

也有許多人站在武藏這邊，希望武藏能夠靠著爆發式努力的特質……那似乎是凡人勉可親近的，扳倒抬頭尚無法仰望的天才小次郎。

「那麼，就決鬥吧？」

武藏抬起頭，凝視著天空一片奇形怪狀的雲。

七天後，那片怪雲隨風流浪，流離到美濃。

小次郎站在山巔，遠遠地看著怪雲籠罩過來。

「是嗎？那就決鬥吧。」

小次郎莞爾，拔刀。

雲破。

第368話

決鬥是一種很奇妙的東西。

爲了變得更強，彼此無冤無仇的兩個人，可以拿著刀凶狠地互砍。失敗的人捨棄怨懟閉上眼睛，活下來的人奪取對方的名聲，得到兩人份的力量，繼續尋找下一個享譽天下的敵手——只有繼續壯大自己、成就自己、無敵自己，才對得起一個個死在刀下的敗將。

因爲，歷史爲了褒獎最後的勝利者，將鉅細靡遺記錄下他的逐場爭殺。

敗錯了人，再強悍的武者也無法留名。

敗對了人，即使是螻蟻草芥的小刀客也會被永遠記憶。

人們都很好奇。

究竟是宮本武藏所斬殺的那一串人會留下來。

還是佐佐木小次郎所砍飛的那一串腦袋會留下來。

不需要兩位主角親自相約，決鬥的日期地點不知如何已被決定，無人不知。

巖流島。

只不過，另一個世界的眼睛，也在虎視眈眈，想收割這場天下無雙的鬥爭……

第369話

武藏一路斬殺來自幽暗的吸血怪物，當作是決鬥前的最後修煉。

很妙的是，武藏不必親自動手，那些怪物就會自己尋上門來。

是氣味嗎？

武藏不以爲然，他的嗅覺跟眞正的野獸差不了多少，可也不覺得自己的氣味跟尋常的臭人有太大分別。

那些吸血怪物白天是出不了門的，能夠鎖定武藏的行蹤，一定有眞正的人類暗地裡幫忙那些怪物監視武藏。但武藏在武者修行時鍛鍊出敏銳的洞悉力，如果有人監視他，絕對會觸動武藏敏感的第六感。

那麼，自己是怎麼被發現的？

找上武藏的吸血怪物越來越厲害。

不，是等級越來越厲害的吸血怪物，找到武藏的次數變多了。

有一天，武藏做了一個實驗。

他在絕對能將任何氣味都沖消得無影無蹤的河裡，囚潛了一整天。

輕易消除了慣常的殺氣，只露出一雙眼睛、鼻孔，一步也沒有走出小河。

餓了就隨手抓取游魚撕開果腹，想尿尿就直接拉在水裡……自是當然。

然後靜靜地思考一個恐怖的可能。

到了晚上，小河邊竟來到了一個渾身散發出一流鬥氣的怪物高手。

神奇的是，這個怪物高手顯然並未發現武藏。

他扛著一個被打暈的女人，丟在河邊，咬開喉嚨大快朵頤。

武藏靜靜地在河裡看著怪物吃食完女人後，又看著怪物掬起河水擦嘴抹嘴，終於忍不住慢慢拔起身子，河水在赤裸的武藏身上流洩下來。

「……」怪物瞇起眼，冷冷地看著這個從河裡冒出的怪人。

「是巧合嗎？」武藏的手裡拿著長短雙刀，一腳跨出河流。

「不是尋常食物。你在此等候多時了嗎？」怪物並不畏懼，拾起放在女屍身上的長槍，緩緩起身：「在打之前，我問你，你怎麼知道我要在這裡吃人？」

擁有人形的吸血怪物手握長槍，渾身散發出果敢的鬥氣。

同樣拿著長槍，這股鬥氣還遠在當初辛苦打敗的寶藏院胤舜之上，真不簡單。

「……難道真是湊巧？」武藏皺眉，心情非常之差。

如果他心中畏懼的事情竟然是真的，那該怎麼辦才好？

這些怪物一直一直找上門來，他怕是不怕，但……這種事如果一直沒完……

「雙刀？」

那個人形怪物看著武藏手中兵器，呼出一口熱氣，鬥氣更盛，暗忖：難道這個殺氣內斂的人，就是傳說中那個……獵人宮本武藏？

武藏煩悶至極，赤著身，再一踏步。

怪物大喝一聲，長槍狂猛衝出！

「龍捲風！」

長槍噹啷墜地。

武藏跪在地上，整顆心都揪成了一團。

原封不動

命格：集體格

存活：四百年

徵兆：你待的公司營運很久都沒有起色了，你居住的社區十年前的面貌跟十年後的樣子如出一轍，你效力的球隊已經好幾個球季沾不上季後賽的邊，你身邊的朋友就算繼續相戀十年也結不了婚。

特質：你的命力完全將周遭的人事物往前進的力量封印起來，真不簡單啊你。

進化：劣質的大地

第370話

決鬥的日子來臨。

在前一天，佐佐木小次郎就已經抵達了巖流島。

什麼也沒做，小次郎光是看著大海，就看了一整天。

據說武藏的刀法，就像潮水一樣兇猛。

身為各式謠言的核心人物，關於武藏的任何傳說小次郎幾乎都不相信。

但有一點很確定。

那就是強。

不管有沒有人看過武藏如何殺敵，用的是什麼招式，兵器是否真是奇異的長短雙刀，武藏能夠一路活到現在，除了超凡入聖的強，沒有別的可能了。

明天正午，那個絕對很強的人就會站在自己面前，踩著這片粗糙的礪岸。

拿起刀。

一把，或兩把。像猛虎一樣朝自己砍殺過來。

一刀。

那個很強的男子一定可以逼自己使出眞正的絕技「燕返」。

不，絕對不會只有一刀吧？

數百年前震撼天下的絕招「燕返」，只是世人粗略理解佐佐木小次郎的大概。

所謂燕返，就是指快速拔刀斬向群燕，在斬殺其中之一後刀不回鞘，在半空中閃電反轉再斬。斬殺第二隻燕子後繼續反射迴斬。如此持續。

能夠靠絕對的刀速斬殺在空中飛舞的燕子已是非比尋常的技巧，能不斷在同一次出刀中接連不斷地斬殺群燕，更是令人驚駭莫名的武技。

很多人看過佐佐木小次郎用這招斬燕，但從未看過小次郎用過這招斬人。

因爲根本用不著。

可以說，這是一招從未開鋒過的絕技。

好敵難求，自從領悟了居合斬後，小次郎就一直寂寥落寞。

而明天日正當空時，他一定能在強大的武藏威逼下，展開超越自己的戰鬥。

「……」小次郎皺起了眉。

不知何時，四面八方黑壓壓的一片，全都是忍者。

他們踩著海潮之聲，用輕如羽毛的步伐靠近自己。

當眞不容易，自己可是用柔軟淡薄的鬥氣在三百尺內築起了警戒線，這些忍者可以走到這麼接近自己的地方才被發現，全部都是狠角色。

深呼吸……這些忍者身上散發出來的氣味，不是普通人。

而是自己曾經斬殺過無數次的「那些人」。

「忍者的命，就不値錢嗎？」小次郎覺得很掃興。

言下之意，便是不把來者看在眼裡了。

「我們主子邀請你，請你成爲我們最強的八位永恆戰士之一。」

一個首領模樣的忍者解開面罩，露出一張慈眉善目的臉。

他微笑說道：「在永恆裡，你可以盡情追求武學的化境，也可以斬殺不斷從歷史上湧將出來的厲害角色，這對熱愛戰鬥的你，再合適不過。」

這個帶頭的忍者不簡單，全身上下都是空隙，好像隨時都會被風吹走一樣。

小次郎直視忍者首領的眼睛，毫不畏懼可能因此中了幻術。

「抱歉，此刻，我的眼裡只有武藏。」

小次郎的手，輕輕，輕輕敲著刀鞘。

如果再不走，就算是傳說中實際統治著日本的鬼界，也照樣斬殺不誤。

「身爲永恆的戰士，就得肩負永恆的責任。」忍者微笑，甚至大步踏前：「當了永恆的八位戰士之一，總有一天，這個國家的興亡就得靠你們挺身而出。」

突然，忍者的頭顱飛向了天際。

「煩不煩？這已經是你們第幾次說什麼八位永恆戰士了？」

小次郎扣上刀，站了起來，不耐煩地看著團團包圍的忍者群：「你們一起上，日出前統統叫你們灰飛煙滅。」

忍者群低著頭，全都一動不動。

只見失去頭顱的忍者首領屍首屹立不搖，雙手掐住頂上空無一物的脖子，用力擠啊擠的，竟然從斷頭處硬生生擠出了一顆熱呼呼的新鮮腦袋。

不管是一開始就是幻術，還是怪異的頭顱增生術，都很了得。

「這倒是頭一次見識。」小次郎莞爾。

「過獎了。」

那忍者臉部的肌肉用力地拉扯，好像重新調整著表情，也不生氣，說：「在下服部半藏，同樣身爲鬼界的八位永恆戰士之一。任務在身，若讓你跟武藏硬碰硬的話，你們之間不管倒下了誰，我都很難交代啊。」

小次郎點點頭。

服部半藏的腦袋又飛了上天。

名不虛傳的快。

「……」沒有腦袋的身體有點無可奈何地叉著腰。

掉在遠處地上的腦袋，眼睛還一眨一眨的。

「服部半藏，原來也是個妖怪。」小次郎嗤之以鼻。

四周的忍者突然消失。

完全看不到，也感受不到。

「唔……」小次郎閉上眼睛，發動熟練的殺氣進行空間感應。

空無一物。

連地底下也沒有忍者進行遁術。

不。

不對……

一瞬間，小次郎拔刀！

無數名忍者突兀地出現在小次郎身邊十呎，全部都拿著鋒利的短刀衝上！

閃光。

「十三聲響——地之拔刀！」

十幾個忍者被腰斬，空中爆出大量血水。

刀未回鞘，小次郎以驚人的速度在半空中繼續來回斬擊！

超越人體極限的連十三折返斬，將前仆後繼擁上的忍者斬成了對半。

沒有一個忍者能夠接近小次郎周身三尺之內，太困難了。

力盡，長刀即將回鞘之際，突然有一個不可思議的身影倏忽接近小次郎。

「！」小次郎手腕低懸，直覺抽出一刀。

沒有金屬交擊的鏗鏘聲。

取而代之的，是兩道水火不容的傷痕。

一個肩頭淌血的長髮刀客站在遠處，得意地獰笑。

沒有搞錯吧？

「吉岡一流的刀法，應該已經不存在這個世上了吧？」

佐佐木小次郎手腕低懸，用力甩掉刀上的鮮血，慢慢回鞘。

剛剛那一錯身眞是驚人，腰上竟給切了一刀。

「眞抱歉啊！武藏忘了將我的頭砍下來！」那人正是死而復生的吉岡清十郎，他舔著青色的刀光，妖異地笑著：「那天在半藏大人的邀請下，我成了不死之身呢，從地獄變得更強回來了呢。」

「得到了永生，就該好好珍惜啊。」小次郎覺得很不屑。

眞正的永生，理當在輪迴裡。

這種不倫不類的妖怪，多活一刻都有害天理。

「成爲了鬼界的一份子，我的腿更快了，我的刀更快了，就連夢寐以求的刀氣也給我練了出來，嘻嘻，如今名滿天下的佐佐木小次郎，也擋不下我快速絕倫的一刀。」吉岡清十郎在淡薄的月光下哈哈大笑：「如何！成爲我們之一吧！」

說著說著，在暗處又走出了七條不可逼視的黑影。

每一個黑影，都散發出極其暴力的壓迫力。

小次郎一個也不認識。

但想必，來者都是曾經名動天下、從地獄折返人間的不祥武者吧。

「……」罕見的，小次郎在調整自己的呼吸。

「或許他們加起來，尚且打不贏你。」服部半藏不知何時又長了腦袋，飄浮在半空中笑言：「但加上了我的忍術，那就很難說了。」

「……」小次郎。

「……」八個鬼。

高高浮在半空的服部半藏，頗有興味地看著這「八打一」的對峙。

他不需要成爲血之一族，就擁有各式各樣的「忍能力」。

更重要的是，服部半藏很快樂。

用年輕的身體繼續他無邊無際的永生，更加地快樂。只是沉潛在蓊龍穴裡的主子並不打算賜予永遠的自由，讓半藏偶爾想起來時頗爲煩躁。

依照這次出棺的條件，他有無限長的時間可以收服宮本武藏與佐佐木小次郎。只是現在情勢有變，兩人突然要搞出大對決，萬一這兩個百年一見的天才中的任一個被另一個給砍死，那麼，什麼也不必說，半藏立刻就得回去冰冷的棺裡長睡。

換過很多身分活躍在歷史上，有過很多驚人的名字，服部半藏只是其中之一。

每次半藏都玩得很快樂，越是困難的任務越是樂趣十足。可不想就這麼回去。

他要全力設下陷阱，分別誘捕兩人落入強大的命運裡。

這片粗礪滿佈的礁岸上，醞釀著一觸即發的超豪華大戰。

雖說是八人的氣勢壓制了小次郎的氣勢，但反過來，小次郎的精神力與他的戰鬥力一樣出色，氣息緊密，讓這「關西八絕斬」無法越雷池一步。

佐佐木小次郎開口了。

「我追求天下無雙的武藝，一路上難免有許多生死對決，爲此斬殺了許多英雄豪傑，心中不免有些遺憾。」佐佐木小次郎冷冷地說：「謝謝你們自己變成了妖怪，我砍死你們，可是一點歉意也沒有。」

語畢，神氣飛揚，全身刀氣流轉。

「是嗎？你能擋下這樣的刀嗎！」吉岡清十郎飛步竄出，高聲尖笑：「你根本不知道你要對付的世界，究竟是什麼——吉岡流，無想穿刺！」

「柳生無花斬！」
「寶藏院十斷絕！大破殿！」
「上泉百斬交擊！」
「夢想無極天日流，破！」
「齊藤千命一碎，斬！」
「伊東一刀拂捨！」
「塚原天眞滅神劍！」

服部半藏笑了。

第371話

決鬥當天，不管是否習武還是尋常老百姓，都對這場勝負抱持絕大興趣。

海上隨波可見前往巖流島的小船，有的是富貴人家包下，有的是愛看熱鬧的鄉民湊錢前往，更多的是想藉機一窺至高武學境界的流浪武人。

武藏也在其中之一。

並沒有說破自己的身分，武藏雇了一艘破爛的船，坐在船頭。

大太陽的，迎著帶著鹹味的熱熱海風，武藏心情煩悶，竟開始削起船槳打發時間。罕見的，此時此刻，他對這場生死對決無法如平時般專心致志。

明明對手很強，空前的強。

自己可能會死。

但武藏現在很迷惘，應該說，這幾天他一直無法擺脫充斥在身上的恐懼。

究竟是從什麼時候開始的呢？

一直被糾纏，一直被盯上，不需要主動尋覓就能一直遇到強者……

鼻子竟然有點酸楚。

「客人，你可相信命運？」

船家一邊搖槳划水，一邊說道。

一隻黑貓坐在船家的肩膀上，像是睡著了。

「不信。」武藏看著船家的背影。

「我來自西土，粗通命術，有些話想對客人說說。」船家停止划水。

「你說。」武藏感覺到船家不是凡人。

「你畢生註定會遇見無數強者，遭逢無止盡的死亡決鬥，你是所有劍客的恐懼，也是天下劍客最想擊敗的目標。直到你被殺死的一刻爲止，都會重複這樣的命運。」

「……」武藏默住。

那個船伕若有所思，嘆氣說道：「在巖流島上等著你的，絕對不是你武道的最後戰役。你的一生，不變強，就會死。」

武藏虎軀一震。

這一震，並非畏懼強敵。

而是背後隱藏的意義。

「船家可是高人？」武藏心情激盪。

「高人？」船家搖搖頭，說：「豈是高人，不過與客人有點臭味相投。」

「在下的命運可有扭轉可能？」

「客人命力之強，已根深柢固，我從未見過如此盤根錯節的命力。」

然後不說話了。

武藏呆呆地看著海，萬念俱灰。

如果敵人永遠都找得到他，如果那些吸血怪物擺脫不了……

那麼，阿通怎麼辦？

自己若回到阿通身邊，豈不是將那些變態的吃人魔也帶到了阿通身邊？

自己可以一戰再戰，但真的能次次保護得了孱弱的阿通嗎？

如果自己不在阿通身邊，那些妖魔鬼怪趁虛而入……

這是何等瘋狂的厄運！

武藏流下了眼淚。

沒有了阿通，天下無雙到底是什麼東西？

艷陽高照。

巖流島已在眼前。

「客人，命力不可對抗，但，人有很多選擇。」

船家擺動木槳，似乎看穿了武藏困頓的心思。

「……」

「一個人做出什麼樣的選擇，就會成爲什麼樣的人——這不是命運之力可以控制的本色。」船家語重心長：「也許他日我們會因爲彼此的選擇成爲敵人，但今日我既有緣送你一程，便再送你一句話吧。」

「請說。」

「名動天下，也是報平安的一種方式。」

武藏霍然站起。

久久，不再言語。

看著天，想著她。

「我現在，要去打倒一個叫佐佐木小次郎的男人。」

武藏彷彿聽見了遙遠的笛聲。

「阿通，請爲我祈禱。」

第372話

太陽很大，佐佐木小次郎半睜半闔著眼，就快睜不開眼。
靠著身邊的巨岩遮擋驕陽，小次郎才沒有癱倒。

那場架，一直打到快要日出才結束。

筋疲力竭嗎？
如果真是筋疲力竭就好了。

在服部半藏千變萬化的忍術掩護下，八個鬼展開了魔性十足的刀法。
八打一，到了後來變成了五打一，這已是小次郎最極限了。
胸口中了往日劍聖上泉信綱那一刀「難心破」，能夠活著命熬到現在，全靠服部半藏印在自己背部的「轉生忍法掌」維繫微弱的生命力。眞是丟臉。

那些圍攻自己的怪物並不是沒辦法殺了小次郎，而是刻意饒過了他……就在心口中了「難心破」那一刀後，小次郎便將全身刀氣集中在心臟處，強行壓制上泉信綱的殺著。一旦小次郎使用了刀氣，護住心臟的刀氣就會牽動、潰散，然後即刻爆裂。

所以，接下來小次郎用的燕返刀法都只剩下了刀速，刀質都消失了。

還擁有速度的小次郎依然很可怕，只是再也威脅不到名動天下的五個劍鬼。剩下的五個鬼用輪流餵招的嬉鬧態度，崩潰了小次郎珍貴的體力，意識也漸漸模糊。

遇上了強敵，不算什麼。

遭到了奚落與訕笑，小次郎怒不可遏，不斷揮斬手中長刀。

最後終於倒了下來。

「你想跟武藏打，可以，就留你跟武藏決鬥吧。」

服部半藏微笑，在小次郎的背上重重印上了一掌，這才離開。

海潮聲。

此刻，巖流島已經來了幾百人，紛紛搶佔了觀戰的最佳位置。

一望海上，還有幾十艘的小船正航往這裡。

小次郎倚著矗立在海邊的巨岩，長刀撐地，勉強保持著姿態。

沒有人敢接近傳說中的佐佐木小次郎，只是遠遠地看著、評論著。

那些見不得光的鬼，也一定派了他們的僕人在附近窺看吧。

小次郎很清楚，這場決鬥，不論輸贏，自己是死定了。

武藏甚至不需要動手，只要跟自己保持距離，悠閒等待，自己就會倒下。

但在死之前……

我需要，一個超越我能力一擊的，一刀。

那一刀，只要一刀。

小次郎集中精神，感應著身上的刀氣。

半吊子的一擊是無法擊敗武藏的。

只是刀速的話，武藏一定有先天刀氣護身，不可能將他斬成兩半。

一定得匯聚全身刀氣，燃燒靈魂，低身踏步——使出最快最強的拔刀術。

只要一刀！

小次郎的視線，不由自主停留在一艘正在靠岸的小舟。
無法不注意。
如此外放，毫不矯飾的狂霸之氣。
那個人的兩隻腳像鐵一樣焊在船頭上，挺拔著，挺拔著。
彷彿整艘船都會跟著他一起衝上岸似地。

只要一刀！

小次郎離開倚靠的巨岩，離開了巨大的影子。
腳趾踩在第一線的陽光下。
揪緊全身的力量，平衡著每一吋肌肉，在腦中演練第一百次的那一刀。
必定不可能完美無瑕，但絕對要揮出這了無遺憾的居合斬！

全部都感受到了，一點也不誇張。

所有人都呆呆地察覺到兩雄的對峙。

船未靠岸，武藏已如砲彈射出。

地上只一個黑點。

高高在上，武藏整個人與太陽的萬丈光芒融爲一體。

不可仰視啊……

「燕返，地之——」小次郎微笑拔刀，刀氣破散。

「捨龍——大輪迴斬！」武藏有如天神，霸道的刀氣在陽光中凌厲而下。

小次郎的姿勢還是維持在剛剛拔刀的那一瞬間。

僵硬，凝固，凍結。

天與地同時炸開。

武藏重重落下，就站在小次郎的背後。

一條裂縫在小次郎的腳邊無限延長，將那深深依靠的巨岩給斬成兩半。

刀氣沒入翻騰的浪花裡，往海裡的礁石橫衝直殺。

卻沒有傷到小次郎一分一毫。

武藏將手中的船槳丟在一邊。

「你受傷了。」武藏輕描淡寫。

「……」小次郎沒有言語，他的心臟已碎裂如泥。

「真是遺憾。」武藏大概明白了這怎麼回事。

「……」小次郎的刀隱隱拔出了寸許，寒芒如凋零的秋葉。

武藏轉身就走，踏上剛剛的小舟離去。

留下巖流島上，無數個驚嘆與不解。

紋絲不動的身形裡，一道神秘的忍界咒印，緩緩地修補著小次郎的心跳。

這場名動天下的對決結果，由武藏斬殺的那一串劍客繼續留在歷史上。

還有無數關於宮本武藏四處修行的訛言與傳說。

而天才佐佐木小次郎則成了神秘的過客，關於他的一切都說不清楚。

或許他是武藏遇過最強的對手。

或許不是。

只知道傳說中，那位被武藏一擊斬殺的小次郎。

有一種神秘的絕招，叫作燕返……

第373話

一切看似結束，一切也還正在剛剛開始。
武藏沒有回到那條溫柔的小河流。
連接近也感到畏懼。
白天迎斬想要一戰成名的無名刀客。
晚上，斬鬼。

他一直斬殺著那些鬼。
如果有一天，能夠將那些鬼全部都斬盡，才是他回到阿通身邊那天。

年華漸漸老去。
兩鬢斑白。
刀變重了。

天下無雙。

寂寞的天下無雙。

「還記得我們相遇的那一天嗎？」

「當時我在水裡漂啊漂的，很冷，冷得我想這麼死去都沒有辦法，意識清醒得很。」

武藏吻著阿通微微發熱的臉頰，吻著回憶：「當時我想，若這樣還不死，我一定可以成爲天下無雙的男人……但一點也動彈不得呢。」

「好棒喔，你有那麼好的自信。」阿通含含糊糊地說。

「謝謝。我眞的可以的。」

他不是眞的那麼在乎，是不是被無名小卒打敗。

即使被斬下兩隻握刀的手，只要能回到阿通的懷裡，便足夠。

回憶兩個人看著院子裡的火，驚喜刀氣的存在。

那時好弱，卻很快樂呢！

「妳……妳不怕我死掉嗎？」武藏有點笨拙地說。

「只要你成爲天下無雙，就不會死掉了啊。」阿通天眞無邪地看著他。

「……」武藏怔怔地看著他的女人。

不，他的女神。

「快點成爲那樣的男人吧，我的武藏！」阿通笑嘻嘻地。

這是，何等的愛啊！

武藏用力抱住阿通，不讓她看見自己難看的眼淚。

「沒問題！只要繼續變強的話，就一定沒有問題！」

武藏抱得好緊好緊，阿通都快要不能呼吸了。

阿通是否還在人間，是否還在河邊爲人洗衣。

一定，阿通還在寂寞地等待他回去，卻只能從旁人的言談中知道他尚在人間，而且大名鼎鼎。有人還稱他武聖呢。一想到此，武藏就會發呆一整天。

名動天下了，卻不再回去了。

她會覺得天下無雙的自己，終於辜負了她嗎？

不，她很善良，一定不會這樣想的。

「武藏，如果有輪迴，眞想下輩子再這樣摸摸你的臉。」阿通憐惜地說。

武藏微笑。

只有在這個女孩面前，他才是這種模樣。

跟他交過手的人絕不會同意，他們一致認爲他是個囂張跋扈的惡魔。

「那個時候的你，可不能把我給忘了。」阿通小小聲地說：「阿通就算是當一個小小的丫鬟，也很樂意在後面服侍武藏，讓你開開心心去做想做的事。」

「我配不上妳。」武藏眞摯地說。

又過了幾次秋。

阿通嫁人了嗎？

她那麼溫柔賢淑，一定是早早嫁到好人家，子孫滿堂了。

武藏開始寫書，念佛，學禪，尋求武學之外的人生哲理。

一切，都是他想解脫悲傷命運的努力。
武藏在完成《五輪書》後，忍不住差了自己的養子遠赴故河，想知道阿通的近況。
「尋著笛聲，一定可以找到她。」武藏悠悠交待。

還記得養子伊織回來的那天，下著大雨。

武藏一邊流淚，一邊聽著伊織帶回來的消息。
早在十幾年前，一群流浪的匪寇洗劫了村子，殺了很多人。
殺了很多人。
阿通終生未嫁。
據遺留下的村人說，洗累衣服的阿通常常看著天，滿足地笑著。
阿通沒有一天不快樂的。

「武藏啊……還記得我們的約定嗎？」阿通看著火光。

「要成爲天下無雙！」武藏大叫：「一定！」

粗魯的吼聲，就連地上的柴火也怕得發起抖來。

「還有……另一個小小的約定呢。」

「啊？」

「……就是，輪迴到下一世的時候，要記得阿通的臉喔。」

「哈哈哈哈哈！沒問題的，到時候還請阿通多多指教。」

「不是開玩笑的。」阿通有點煩惱，小小的臉蛋揪成了一團：「我好怕武藏你忘了阿通的模樣，到時候茫茫人海的，找不到武藏，阿通一點也不知道該怎麼辦才好，想幫武藏洗衣服、吹笛子，都沒有辦法……」

武藏大哭。

輪迴相遇的約定嗎？

茫茫人海裡，要記得阿通的臉嗎？

武藏沒有把握。

他只是個粗魯的人，只會砍殺，只會變強。

看著模糊的遠方。

如果有輪迴，阿通一定會遵守約定出現的吧。

如果沒有輪迴，只剩無邊無際的無感，便不能再想阿通了。

只有一個辦法。

唯有一個辦法。

「投胎吧，我一定會找到妳的，一定會找到妳的……」

武藏跪在地上，泣不成聲。

「這一次，我一定會遵守約定，記得妳的臉……」

宮本武藏，入魔。

乘風破龍

命格：天命格

存活：無

徵兆：文獻缺乏正式記錄，僅傳說在太古時期尚有鳥人一族時，最為驍勇善戰的猛將常棲息此命格，百戰百勝。

特質：極其罕見的稀有命格，為天神賜予的恩惠，猶如天之戰甲。

進化：無

〈咆哮的天空之章〉之章

第374話

日出前七小時。

位於東京千代田區，建於西元一九三六年，佔地七萬平方公尺，諷刺地象徵民主進步意義的日本國會大廈，表面上爲人民發聲，暗地裡卻有一條通道直接連結地下皇城，好讓那些把人民送進噬血地獄的傀儡政客們在危急時遁走避難。

還眞的是名符其實的「暗地裡」。

一分鐘前，一顆重量級的空對地飛彈劃破了夜空，灼熱的火線割開了冰冷的雲氣，轟地一聲，爲日本追加一筆國會大廈重建的鉅額預算。

現場呼嘯著，一片狼吞虎嚥的火海。

自衛隊的戰鬥機群再度緊急升空應戰，目標無比明確——

「將它擊落！」自衛隊的空防指揮官氣急敗壞大吼。

在天空，有一場不亞於地面刀戰的大對決已經結束。

當年宮本武藏對上「吉岡拳法」本家一百名劍客，經歷了空前壯烈的慘勝。很扯，但世人勉強可以理解……畢竟一群人再怎麼厲害，逼近宮本武藏時也不過就是堪堪容納兩打一的空間，只要宮本武藏重複以一砍殺二的動作五十次，就能將一百名武藝高強的劍客殺得支離破碎。

但，一架戰鬥機幹掉二十四架戰鬥機？

絕對不可能！

然而沉沒在東京灣海底的二十四架F16，卻是不爭的事實。

於是在天空中，第二場驚天動地的報復性空戰即將展開。

不管付出多少代價，血族絕對不容許這架F22平安無事飛回第七艦隊！

東京夜空，一道銀色鐵光。

F22最厲害之處就是可以在被敵機發現之前，就遠遠賞出一顆飛彈了結敵人性命。

但這樣的優勢已經結束。僅存的唯一一架F22戰鬥機身上，空對空飛彈都已經在剛剛的空戰中用光了，只剩下近身纏鬥用的鷹爪機砲。

「雷力！快點回航！不要戀棧！」來自艦隊的通訊命令。

「……」雷力沒有理會，只是回憶著同伴們慷慨赴義前的吶喊。

「上帝！我的名字，叫喬洛斯迪恩！這就像您報到啦！」

「無論如何，今夜很高興與各位一戰！」

「的確如此，很高興共襄盛舉，與各位一戰！」

「太遺憾了！我們到天堂再計算成績，看看哪個中隊要穿女人的泳裝罷！」

「天堂啊？從這裡上去可說是最捷徑了！我先走一步！」

「熱烈光榮啊！我們在最接近天堂的地方，與來自地獄的魔鬼一戰！」

不管底下的城市有多騷動，東京的夜空還是很安靜。

星星閃爍，月色朦朧，城市無限繁華的霓虹，在眞正的天空下還是顯得太過渺小。

如果同伴都能在這裡欣賞這片美麗的星光，該有多好。

「重複一遍，任務解除，緊急回航就是你最新的任務！」司令部很強硬。

「放心吧，我死不了的。」雷力關掉通訊，說：「再給我一點時間。」

淚水漸乾的雷力有種感覺，他正在脫胎換骨。

難以言喻的一種自信在雷力的靈魂裡震動，咆哮，不斷擴張成長。

那股正在破殼而出的力量，從雷力的指尖慢慢流瀉出去，沿著方向盤、儀表板、機艙……像一頭沒有固定型態的巨獸，將整架 F22 綿密地包覆起來。

雷力看不見、沒聽過、也從來不可能相信這股正在成形的力量，但他直接領悟到自己已經不是過去的自己……整個天空，都是他的領土。

如果眞有靈魂……如果眞的有他一直搞不懂的、虛無飄渺的「靈魂」這名詞，當同伴犧牲後一定以倍數的重量加總到他的靈魂裡。是以，他一定是擁有了四十八人份的力量。

原本代號「雷神之鎚」的攻擊自衛隊輕型航母群行動，已經因爲雷力的空對地飛彈不足無法執行。但雷力心中自有一套替代的正義。

同伴一共有四十七架 F22 戰鬥機墜落大海，看看燃油表，雷力還有半小時的時間可以爲同伴復仇，最後再全速衝回第七艦隊。綽綽有餘了。

算一算，剛剛已經打掉了二十四架敵機，還得至少再擊落二十三架……

嗶嗶。

嗶嗶。

新的十二架敵機已經出現在預警雷達上，從三個方向鎖定了雷力。

說來諷刺，在顛撲不破的美日安保條約底下，日本的自衛隊機群的組成，同樣是由美國銷售給日本的F16所構成。就連日本戰鬥機飛行員的訓練，很多也是委託美國空軍、移地美國所完成。除了盟友英國，日本可以說是美國在軍事上最友善、最積極合作的國家。如果沒有這一陣子的「意外」，再過兩年，空中凶器F22戰鬥機也會逐漸開放額度，販售給一向友好的日本。

十二架？

區區十二架？

哼，太小看了我了吧……雷力啓動鷹爪機砲，快速側開機身。

「我要這些戰鬥機全部都變成炸彈。」雷力已經殺紅了眼。

「勇敢的飛行員，請告訴我你的名字。」敵人的飛機上傳來通訊。

並非友善，也毫無和氣，卻充滿了武士道裡獨特的敬意。

「我叫雷力。」雷力全神貫注。

「日本的歷史會記住你的名字，勇敢的雷力先生。」

那肯定是的。

就在第一架F16機上的AIM 9X空對空飛彈即將鎖定F22時，機身上突然被釘出好幾個洞，沒有立刻爆炸，卻失速斜斜往下墜落。

「小心！」敵機領隊忍不住大叫。

見鬼了，從來沒有一門空中機關砲，可以在那麼遠的地方就擊中對方。

豈止。

從來沒有看過這樣的技巧，不！是不要命的魄力！F22戰鬥機肆無忌憚地衝進的敵機機群的核心，一陣精準無比的砲火飛點後，瞬間以難以形容的下衝、下衝、下衝！擺脫合圍的F22戰鬥機突破寒冷的雲氣，來到超低空的世界。

大廈、高樓、尖塔，與天競高的都市叢林。

這是雷力選定的，最佳的空中屠宰場。

「快點鎖定它！」

「壓制！R7跟R8從上面壓制目標，一定不能被它甩開！」

「在哪？在哪！」

「速度太快！速度太快！雷達快要跟不上了！」

不知道是用了什麼技巧，原本應該壓制住F22的兩架F16反而被對方從後方咬住。

莫名其妙地，從後方射來不該在這種射程條件中成立的砲火！

兩架F16亂七八糟撞上下方的辦公室大樓，爆出驚人的震響。

「跟上來！一架一架給我跟上！」雷力全神集中。

F22如花蝴蝶般螺旋穿梭，藉著高樓大廈的遮蔽爲自己建立起可怕的活動防線。

「保持冷靜，對方只有一機。」F16領隊的聲音沒有變化，機械般冷酷。

兩架F16竭力從左右兩側慢慢接近下方的F22。

「R3鎖定！」

「R4鎖定！」

兩枚AIM 9X新式飛彈射破雲氣，鬼魅般咬住F22的尾巴，隨著F22奔竄在高樓之間，忽高忽低，忽左忽右，幾乎就要、幾乎就要結束這場空戰……

「鎖定？」雷力沒有笑，嘴角甚至沒有上揚。

輕輕鬆鬆，像是炫耀，F22魔術般閃出危險地帶。

兩枚飛彈交叉掠過，擊中兩作正好隔對街的玻璃帷幕大廈，巨大的火光照亮了東京，超高速低空飛行的F22夾帶著灼熱的熱流衝向剛剛攻擊的兩架F16。

逼近，F22仰衝向上，超猛的熱對流衝開了兩架F16的平衡！

也只不過那麼一下下，F22大翻滾下衝，鷹爪機砲扣了兩聲，隨手將失去平衡的兩架F16擊落。

墜落的兩架F16戰鬥機將地面炸開兩個沸騰大洞，灼熱的油氣震動空氣，將十幾條街的玻璃全震碎了！

剛剛所有的動作，F22都不像一架飛機。至少，不是跟科技有關的那種飛機。

而是一頭活生生的突變翼手龍！

「那種擊落？這怎麼可能？」F16領隊大駭，正面對著直衝而來的F22。

「接住了。」雷力捨去機器輔助，直接以眼睛作爲準心。

只輕輕扣了一下砲門，就像西部牛仔的對決，單單一顆鷹爪穿甲彈射穿了敵機領隊的機艙玻璃，直接爆掉領隊的腦袋，乾淨俐落到——

「怪物……」一架敵機飛官目瞪口呆。

只見領隊駕駛的戰機，朝著東京灣最熱鬧的地帶快速旋轉、旋轉、旋轉……

第375話

巨大的喧囂後，白氏長老、阿不思與無道等人面向囚潛著吸血鬼王的黑洞，恭謹離去。渾身乏力的莉卡有點茫然，只是依循阿不思最後暗示的眼神，繼續將膝蓋壓在地上。

莉卡沒有多問。

誰該留下，誰該離去，莉卡自然只有遵從的份。

等到連最輕微的腳步聲在擁有巨大回聲的地穴裡，失去最後的存在感後，又過了很久很久。

沒有絲毫動靜。

莉卡凝視著蓊龍穴。

所有她的慾望，都藏在剛剛的巨大吼叫聲裡。

只是聽那吼得連血管都給震到抽搐的聲音，徐福那老頭……還挺有元氣的嘛。

不過傳說最可怕之處，就在於傳說永遠都只是傳說。

只要一直不被眞正認識、不被實際接觸、永遠都充滿臆測與謠言，大家都會給予傳說過高的評價。例如「絕對的最強」、「終極的恐怖」、「最後的大魔王」之類的名詞，光是嘴巴講一講，就足以讓很多能揮動一國軍力的國家領導者卻步。

——例如，在第一顆、第二顆核子彈丟向廣島與長崎後，就應該像撒種一樣繼續往全日本每一吋土地上扔，壓根不需要接受什麼和談，當初一鼓作氣消滅掉吸血鬼勢力才是正經。

吸血鬼魔王？

哼。

只有眞眞正正活在浴血戰鬥中的人才知道，這個世界上無所謂「無敵」。

儘管你驍勇善戰身負奇術，在漫天槍火中不意多挨上一顆擊中牆壁、又反彈射穿自己大腿的子彈，都極可能在接下來的幾秒鐘遺憾敗死。

這就是眞實戰鬥。眞實人生。

是，徐福肯定很強。

但吸血鬼能有多強，莉卡到底是見識多了。

而十二星座絕對不會讓徐福有僥倖活下去的可能，因為他們的強，一共能讓徐福死上十二次。甚至還能綽綽有餘，將徐福整個打包帶走。毋庸置疑。

「現在呢？」莉卡終於忍不住。

「呼……現在，就等妳藉著第二次的死亡重生了。」許久之後，優香的聲音還殘存著些微喘息，可見剛剛白氏長老的頂級幻術連她也只能勉強承受，說：「妳該聽說了很多，皇吻能讓妳的戰鬥潛力統統爆發出來，各種力量都會提昇一個層次，簡單來說，就是脫胎換骨。」

「不是單純的儀式嗎？」

「等妳接受過，妳就都明白了。啦……嗯。」

關於皇吻，也有很多類似如此的傳說。

這樣的傳說賦予了徐福凌駕在所有吸血鬼之上的「確定性」。顛撲不破。

莉卡不是不相信「能力」會因此大幅提昇，但可不是因為徐福的「愛與嘉勉」，而是稀有的、基因排序呈現原始型態的牙管毒素，在「科學上」的確有可能刺激被新型態牙管毒素感染的後天吸血鬼產生「第二次的突變」或「基因銳進」，從舊有的細胞裡壓榨出所謂的潛力。

這種潛力也眞是太好笑。

按照這樣的定義，人類被感染成吸血鬼而增加了體能、戰鬥力、動態視覺力，豈不也是因爲遭到牙管毒素的荼毒？那不過就是再被感染一次罷了。

「妳呢？也是要接受第二次的皇吻嗎？」莉卡壓低聲音。

「不，我們這輩子只能承受得了一次皇吻，那種突然暴增的力量連自己也得慢慢習慣，第二次皇吻……大概會立刻死掉吧。」優香回想起自己的經驗。

——能力暴增，並不是一件完全令人愉快的經驗。

「那，我要自己爬下去嗎？」莉卡皺眉。等得也太久了。

「不，那股黑暗隨時都會撲向妳……我們……啦。」震懾於等一下將要發生的事，優香竭力克制說話啦啦啦的毛病。

「黑暗？」莉卡失笑。

那一瞬間，像是翦龍穴打了個狂暴的噴嚏。

巨大的迴聲嗆出了一大團的「黑暗」！

像是有了形體，有如逆射上衝的巨大瀑布，黑暗朝著四面八方衝開。

比看見任何東西都還要駭異，莉卡本能地想開口大叫，卻被激流似的黑暗趁機灌進了嘴巴，什麼聲音也喊不出來。

不只嘴巴，眼睛、鼻孔、耳朵全被那股無法定義的黑暗給強行灌入，完全無法抵抗，也無法形容這股「侵入體內的黑暗」到底是什麼東西，灌進體內的滋味也沒有感覺，純粹就是被黑暗給侵犯了。

一定是幻覺！

莉卡咬牙，想要這麼提醒自己的時候，思考完全終止了。

腦子裡有的，只是一望無際的黑暗。

無法靠岸、沒有終止鍵的絕對黑暗！

公主的眼淚

命格：情緒格

存活：兩百五十年

徵兆：翻新書被紙割到會痛到流眼淚，好心借同學看的小說被折到會心痛到再去買一本，拆免洗筷時被竹絲戳到會痛到無法動彈，要炒菜絕對將全身緊緊包裹起來免得被熱油燙到。要你用打火機是絕對不可能的事。

特質：承受痛苦的忍耐力極低，些微的痛楚都讓你疑神疑鬼、覺得天快要塌下來了。

進化：一群公主的眼淚

第376話

踩著優雅的腳步，正在無人的百貨公司裡試穿最新上市的大衣。

喜歡打扮自己跟經常從事戰鬥這兩件事，對張熙熙來說絕不矛盾。

不管是多危險、多慘烈的戰鬥，張熙熙都想打扮得美美的，畢竟爲了打架、追求武學新境就不在乎外表、把自己搞成醜女，她絕對不會認同。

都決定要活一萬年了，醜也是一萬年，美也是一萬年，白痴才不好好保養。

話說武術也是保養的一部分，越厲害，就越不容易在打鬥中受傷，想要像淑女一樣優雅地打鬥，就得強到跟任何人對決都能游刃有餘。投資時間與心力在修煉上，打發時間又可以維持美麗，張熙熙很願意。

但武術也是嚴重妨礙體態的一種自毀。

張熙熙看過很多女人在練習武術後肌肉變大、骨架變厚變寬、體型趨熊、眉宇之間不由自主散發出一股陽剛之氣；天啊，殺了她吧，何苦爲了變強如此捨棄女人的嬌媚呢？

張熙熙研究過了，要厲害，而且要優雅地厲害，又不會令肌肉爆炸性壯碩——太極拳，大概是最適合的吧？而太極拳極度講究的天份，張熙熙又多到可以分給很多有需要的人。

哼著歌，正在考慮是要將選好的衣服立刻換上，還是放在袋子裡時，張熙熙突然感覺到一股「不算力量的強大力量」正逼近自己。

「好快！」張熙熙一驚，轉頭往左，看著力量來襲的方向。

罕見的，她並不覺得自己可以靠完美無瑕的太極勁卸開這股力量，而是果斷地往後一跳，能跳多遠就跳多遠。

瞬間，牆面轟然爆散，一台失控高速打轉的F16戰鬥機迎面撞進了百貨公司，撞開無數破片與灼熱的油氣，怪模怪樣地全部一齊朝張熙熙衝了過來，簡直是場大災難！

「哪來的飛機！」

張熙熙一邊往後躍，一邊用太極勁卸開撲向自己的亂七八糟破片、籃球大的水泥塊、正在著火融化的塑膠模特兒、狂吐硬幣的收銀機、飛行員脫離身體的肩膊⋯⋯

飛機殘骸的衝力太大、太狂暴，張熙熙無法硬拚，只能逃命似後躍，在眨眼間飛躍到這層樓的最底還是無法擺脫那股無與倫比的衝擊力，她只得在千鈞一髮時將部分的真氣集中在背部，順勢撞開後方的玻璃，在大爆炸直接衝到自己身上前，垂直往下跳。

水之城購物中心並不高，只四層樓。

張熙熙並不需要靠一路拍擊樓壁一路卸力，就以燕鳥的姿態輕輕落下。

「……」張熙熙一落下，立刻又往後飛竄了兩百公尺。

兀自在大火中狂嘯的水之城，整個就被剛剛那架莫名其妙的飛機給衝垮了。

張熙熙心想，好險自己武藝高強，否則遲早眞的被聖耀的凶命給害死！

吐了一口濁氣，張熙熙有點懊悔。

不只剛剛選好的漂亮衣服沒拿，身上的衣服毀了，等一下一定要在大街上打劫櫥窗裡的服飾模特兒，不然可就沒形象了……

第377話

遠方的城市深處震動狂嘯，那幾聲大爆炸把整個東京都叫醒了。

玻璃噴碎聲、汽車鳴笛聲、油管焚爆聲、空氣浪爆聲，巨大的火光令耀眼的城市霓虹黯然失色，火光穿越十幾座大廈，遙遙映在於打鐵場外合圍的一百名牙丸武士臉上。

雖然只有抬頭一眼，但所有人都看清楚了，那是一架低空飛掠的戰鬥機帶來的超級攻擊。這個攻擊在人類與吸血鬼的歷史中，都佔有極其重要的地位。

但也許只有烏霆殲一個人，清晰地感覺到飛機上有一股強大的命格正在灼熱突變。

比他所射出的飛彈還要強悍，還要悲愴。

……不，那種感覺不像是命格突變。

而像是更強烈的狀態。

但此時烏霆殲沒空仔細追想這個異象。

任何人都無法忽視那一把比人還高的長刀，還有握住刀柄的那隻手。

只是握住長刀的那人，眼神已經褪去了戰意。

陳木生落地，駭然大叫：「你不是……早就應該死在巖流島了嗎！」

這一句脫口而出的話，再度觸動了牙丸傷心手腕的神經。

無比強烈的殺意，在刀出鞘的前一瞬間席捲了方圓數百公尺內的所有，連同一陣線的一百名牙丸武士都僵硬不動——程度，差太多了。

「……」微微彎下腰，陳木生全神戒備，銅盾兵形在握。

對壘多次，他明白眼前這個怪物的厲害。

現在所保持的「安全距離」也不見得安全，天知道「佐佐木小次郎」在取得這柄J字長刀之後，武藝又有多大的進步。

「……」烏霆殲雙手環胸，像一塊沉重的生鐵硬邦邦墜落。

眼前這一百名被殺氣壓迫住的牙丸刀客，都是屁。烏霆殲分毫不看在眼底。

對手只有一個人，白髮蒼蒼的佐佐木小次郎。或者該說，牙丸傷心。

烏霆殲的腳下，燃起了一縷若有似無的藍火。

一踏，一踏。

藍火一閃，一閃。

對壘一次，他就把「上一個版本的佐佐木小次郎」打成一團鬼哭神號的火。

現在，他當然可以再燒他一次！

「巖流島……巖流島啊……」牙丸傷心的眼半睜半閉。

佈滿老人斑、握刀的手鬆開，暴漲的殺意頓時無影無蹤。

重重纏繞在百名牙丸武士身上的「線」忽然鬆開。

眾刀客吐出一口濁氣，有種想放下武士刀片刻的疲憊。

牙丸傷心轉身，逕自離去，身影無限意興闌珊。

似乎是不愉快的回憶帶走了牙丸傷心。

烏霆殲嘴角極度不屑。

因爲……

二十幾個橫在烏霆殲、陳木生與牙丸傷心之間的牙丸武士，臉上多了一點無法自我理解的迷惘。紛紛低下頭，又抬頭，接著只好彼此對看。

刻苦習練刀法的人生已經到了盡頭啦！他們的苦笑似乎說明了這一切。

他們的身上並非一條工整的線，而是波浪狀的無形刀痕。

「地之拔刀。」

牙丸傷心的刀不知是何時出了鞘，更別提回鞘的動作完全省略。

「偷偷摸摸的拔刀術。」烏霆殲左腳下，只剩一道被刀氣撲滅的嗚咽焦煙。

「果然，果然……」陳木生持盾的手隱隱震動。

一言不發，牙丸傷心看著這兩名等候多時的敵手，似乎在重新評價。

忽地，血的大爆炸！

時間之輪再度啓動，牙丸傷心的身影隱沒在一片狂舞狼藉的血紅中。

「讓我來！」陳木生大吼，左手青龍偃月，右手九節棍。

「在外面，可沒有受傷了還可以再來一次的機會！」

完全不苟同一對一，烏霆殲抓住一團烈火，以橫掃千軍的氣勢衝向牙丸傷心！

烏霆殲打打殺殺，可不是爲了變強。

他的目標明確，他的英雄氣概絕非獨善其身。

更不想失去好不容易由弟弟轉送過來的同伴！

那一百名……不，現在僅剩七十五名牙丸武士，雖然沒有能進入「刀氣境界」，依然都是眞正使刀的好手，他們快速讓開一條血路，讓主帥牙丸傷心手中長刀大開揮灑，並迅速在最外圍擺開強硬的刀陣。

刀氣逼人，那把長刀非常危險，非得在短兵相接前決勝負！瞇著眼，烏霆殲搶在陳木生之前，炸藥似的火拳遠遠擊出。

牙丸傷心刀未出鞘，只是用手輕輕扣住，隨意閃過烏霆殲拳頭上噴射出的巨大火焰，腳力非凡的他只一眨眼，就來到陳木生與烏霆殲之間。

「七聲響，地之拔刀！」牙丸傷心冷冷地說，瞬間已拔刀迴斬向兩人。

每七斬之間都毫無肌肉反應、神經反射、空間邏輯的配合，招招毫無關聯，純粹可以看成連續七次瞬間回鞘復又斬出的拔刀神技。但事實上，這每一斬都沒有收刀入鞘，全是不可思議的七連斬！

「厲害！」

陳木生左支右絀，拚命躲開。躲不開的，就勉強用青龍偃月刀擋住。

由於習慣運用沒有形體的兵形，陳木生的肉眼依稀可以看見刀氣的走向，對他來說刀氣不是虛幻的能量，而是貨眞價實的硬刀，甚至比硬刀的破壞力更強。

只不過，比起年輕時候的佐佐木小次郎，這個牙丸傷心所斬殺出來的刀氣，竟是波浪型態的「刀潮」。更加揮灑、更不拘泥，功力至少一倍以上。

「有點看頭！」

烏霆殲沒有閃躲，用最強的功力運化出一道白色極火築成的移動火牆，試圖擋下來襲的刀氣。

豈料刀氣無比剛猛，竟然斬穿連穿甲彈都可以瞬間熔解於無形的白色極火，但漏網之刀全被烏霆殲窮凶極惡的「惡魔右手」給硬生生抓開。

那是什麼？牙丸傷心皺起眉頭，但沒有疑惑。

戰鬥有各式各樣的狀況，太在意對手的驚人之舉反而會失去勝利的契機。牙丸傷心很清楚，於是持續放鬆身心靈，在無所不在的火焰中追索兩雄。

但對手的驚人之舉還沒結束。

「喝啊！」陳木生遠遠一甩，九節棍兵形如一條毒蛇撲向牙丸傷心。

「……」牙丸傷心可怕的第六感感應到萬分之一的危險，下意識低頭側身，閃過了幾乎砸在臉上的無形九節棍。

可陳木生的手腕翻轉，九節棍在半空中往下頓挫，完全擊中牙丸傷心的腰際！

「！」牙丸傷心被震退了三步。

這種出其不意的攻擊，不管是對哪個版本的佐佐木小次郎都有效啊！

陳木生信心倍增，揉身再上！

「？」牙丸傷心吐出了一口血。

雖然有先天刀氣護身，但陳木生灌注在九節棍上的內力可不是走進打鐵場之前的那個陳木生所能相提並論，剛剛那出其不意的一棍，給了牙丸傷心不小的傷害。

「試試看這個！」陳木生大步逼近，青龍偃月刀重重炸出。

「居合——大地斬破！」牙丸傷心本能地拔刀相迎，斬向虛空。

牙丸傷心看不見陳木生手中兵器，但對危險的感應卻沒有消失。

兩股巨大的強氣在半空中硬碰硬，爆出一聲金屬嚎響，兩人同時被震後退。

在此同時，一枚經過內力超壓縮的火球擊中牙丸傷心的腳底，瞬間炸出沖天火海，將牙丸傷心炸得灰頭土臉。

這遠遠一擊絕對傷害不了牙丸傷心，早就試過了。但……

「哈！」烏霆殲趁著大火的掩護衝近牙丸傷心，近身一拳。

這可是長刀的弱點！

但牙丸傷心豈是等閒之輩，瞬間斜身往後拔刀，用刀側架住烏霆殲的火拳，還在下一瞬間朝烏霆殲飛斬三刀，三刀都命中烏霆殲，血箭紛飛。

「……」烏霆殲毫無懼色，奮力一拳將最後砍在肩上的那一刀砸開。

然後陳木生夾擊。

然後烏霆殲擊火。

兩雄前後左右毫無間斷的迫招，連眨眼都來不及跟上的速度。

接下來連續四十多次目不暇給的交招，牙丸傷心擋下烏霆殲大部分的攻擊，卻一直受制於陳木生千變萬化的奇襲，無法將他的拔刀術完全徹底爆發出來。

完全就是複製在死戰空間裡，兩人二打一對付「佐佐木小次郎」的勝利模式。

牙丸傷心腳力驚人，一躍百呎，森然：「居合——空之拔刀，百連斬！」

一百道幾乎同時斬出的快刀刀氣，如滂沱雨下。

「正版的果然比較強。」陳木生用鐵砂掌悉數硬吃。

「……」烏霆殲用火炎咒捲開刀氣。

而兩人腳底下的大地就慘了，被當成豆腐摧殘，給砍得支離破碎。

到了第七十招，儘管體質裡已混有堅韌的藍水，陳木生的左臉頰骨還是被斬斷、大腿被深砍見骨，而烏霆殲的胸口劃出一道兇猛的血痕，一隻眼睛差點被刺瞎。牙丸傷心也挨了陳木生好幾招。

實際上，陳木生與烏霆殲在死戰空間裡大幅提昇了功力，如果各自一打一牙丸傷心，勝負可能在五五之波，端看誰的戰運強些。

如此按照計算，就算是加法最差勁的人也知道，這兩個超級戰士將以壓倒性的勝利吞沒牙丸傷心。

但沒有。

牙丸傷心精準地利用了輕盈的身法、與危險的長刀所爭取的空間，巧妙地與兩人戰成了平手，不愧是東瀛武界裡的超級天才。

一打二，竟然毫無懼色。

眞的很可怕。原來這就是樂眠七棺的實力。

弟弟已經遭遇過這種等級的對手嗎？

在死戰空間裡隱隱跳動的不祥第六感，難道跟這種感覺有關嗎？

烏霆殲暗暗驚異，預備動用他的新武器……

這精采的以一敵二的局面還能支撐多久？

很不幸，縱使牙丸傷心比起還是佐佐木小次郎的時代要強上許多，但很多隱藏在個性裡的戰鬥習慣還是沒有差別，破綻也很類似。而牙丸傷心面對的兩個人可是合作了近百場震古鑠今的戰鬥，而不只是一加一等於二的強度。

「無敵大鏈砲！」陳木生狂吼，全力一甩。

音爆聲，超猛的「鏈砲兵形」狂轟之力像一枚大砲彈衝出！

牙丸傷心反手拔刀，還是趕得及在鏈砲擊中自己之前，揮出不亞於生平最巧妙、最豪邁之刀的一斬——「沖天響！地之拔刀！」

長刀猛烈上挑，鏈砲兵形瞬間硬是被垂直砍向半空，但十枚火焰彈也從四面八方射向牙丸傷心——不，是射向牙丸傷心可能移動的十個方向。

「……」牙丸傷心沒有猶豫，沒有閃躲。

低著眼，專心感受眞正的危險。

一秒不到的時間，在此刻被劃爲千萬個單位，進入了「道」。

！

四面爆炸，火焰奔散，早就放棄鏈擊的陳木生，另一隻手卻橫來一柄超級兇器——巨斧，直截了當掄向牙丸傷心的腰，大吼：「來了！」

睜眼，牙丸傷心反手向下迴斬，以釘穿地球表面的氣勢擋下這一擊！

「嚇！」陳木生吐出一大口熱血。

「唔！」牙丸傷心虎口迸出一道裂傷。

硬碰硬的對決將地表衝開好幾道裂縫，同時，一道無比凌厲的慘光籠罩住招式已死的牙丸傷心，轟得他全身的刀氣潰散，雙腳下崩。

難以形容的招式將牙丸傷心腳下的地表瞬間烤焦、蒸發、裂解。

「一招就把你轟進地獄！」烏霆殲豪吼。

原來烏霆殲早已高高躍起，在兩人對決時用「惡魔的爪子」一炮而下。他一點也沒有小覷牙丸傷心，這一爪用了三成去不復返的惡能量，如果沒能打中就太可惜——要中了，就是頭彩。

看到這一幕的牙丸武士們，終於結束了目瞪口呆的觀戰，不要命地衝向戰局。

「殺！」

縱使這些牙丸武士的程度只是過來赴死而已，但他們絕不能眼睜睜看著他們的英雄死在二打一的不公平決鬥裡！二打一，太不值了！

「可以！」烏霆殲尚未落下，左拳凝火，向自四周衝近的刀陣轟出。

所有的牙丸武士一齊揮刀斬火，功力高的踏火前行，功力低的被火吞噬。

熱愛他的部屬們爭取了這一片刻，牙丸傷心迅速從慘光中摔跌而出，還刀入鞘，體內的先天刀氣重新凝聚，快得讓人讚嘆。

他的姿態令陳木生有點動容，原本已準備好的新一輪攻勢暫時停止。

烏霆殲落地，觀察著被惡魔的爪子蹂躪過的牙丸傷心。

這是烏霆殲第一次在眞實世界裡使出他的新武器，攻擊範圍拿捏得非常恰當，沒有太浪費裝塡在右手斷臂裡的「恐怖」。

但烏霆殲沒有把握最好的時機繼續給予牙丸傷心粉身碎骨的一擊，因爲，他有點欣賞牙丸傷心並沒有對「二打一」這件事有任何抱怨。

戰鬥不是比武對決，能夠明白並毫無怨懟，不是武學修爲上的進境，而是一種眞正的戰士氣質。

「……」牙丸傷心一動也不動，只是站著。

可以說，除了被「能量」狠狠攻擊，還有一股強大的厄運輾過了牙丸傷心，令他身上散發出一股不吉祥的黑氣，頹勢已成必然。

牙丸傷心最吃虧的地方，在於他實在是太強了。

這一百年來他並沒有遇見過幾個能與他勢均力敵的「敵人」，好在戰鬥中進步他的應變能力。要知道，刀氣的猛烈、迴斬的速度、冷靜勇敢的心理特質，並不是戰鬥的一切！

此刻即將失敗的他，卻非常興奮！

第378話

已沒了黑暗。

莉卡睜開眼睛的時候，發現自己是站著的。

眼睛好像從來沒有這麼清明過，即使眼前所見毫無差別。

看著有點陌生的手掌，握了握拳。

吱。

吱。

渾身每一吋肌肉都充滿了力量，源源不絕。

唧——怦怦，怦怦。

仔細聆聽，好像還會聽見血液裡細胞不斷膨脹、收縮的聲音。

連頭髮裡奄奄一息的細胞好像也活轉過來，有種可以自由操作頭髮豎起、或像海草一樣波濤冉擺的錯覺。

「唔……」莉卡扭動脖子，舒服地發出聲音。

呼吸變沉了，間隔也緩緩拉長，因爲肺部貪婪地擴充它的領地。

只是頸子左側多了個理所當然的咬傷。傷口還在發燙，好像有黑煙從裡頭冒出來的那種發燙，實際上當然沒有。比起身體的異變，那種痛楚根本不算什麼。

「啦啦啦啦啦啦啦啦，這個傷口一時很難痊癒，直到妳完全適應了新能力，差不多那個時候才會癒合起來。當然啦，如果妳只是一直睡覺，傷口還是會好起來。」

優香幼稚不堪的聲音從背後傳來。

莉卡沒有回頭，優香的聲音幾乎連她的表情也生動地呈現出來。

大概聽覺也變得更立體了吧？

「我昏過去多久？」莉卡淡淡地問，很想跑一跑、動一動。

很想立刻咬開一個活人的喉嚨，大口大口吸走他的血。

這種更濃烈的殺人慾望，也變成了新力量的副作用了吧?!

「我也不清楚耶。」優香站了起來，活動一下筋骨：「大概有十幾分鐘吧。」

「……妳留在這裡，是爲了怕我迷路，要帶我走出這裡吧？」莉卡猜。

「我留在這裡，當然自有安排啦。」

優香點點頭，冷冷語氣掩藏不住平日的興奮：「帶妳走上去是一定要的，但是，每個剛剛被皇吻洗禮過的戰士，都平息不了變強的興奮，不動一下就會抓狂，所以啦，在這裡跟妳互毆一頓也是我留下來的原因。」

「喔？」

「啦啦啦啦啦啦，以前都是這樣的，所以來吧。」

假的。

騙人的。

回想起當初接受皇吻洗禮的時候，是賀那個傢伙帶自己來的，而她受不了力量狂增的喜悅，一直挑釁奉命帶自己離開翦龍穴的賀。但賀沒有動手，甚至連正眼看她一眼也沒有，害她把賀從偷偷喜歡的名單中刪除。

——現在立場可是反過來了呢。

優香心裡小鹿亂撞。這裡沒大人，地方又大，她猜血天皇咬了這麼一頓也累著了，不會爲了這一點打鬥聲就沒肚量地醒來。再說再說，鼓勵鬥爭不就是千百年來血天皇默許的汰弱存強鐵律嗎？應該……應該不會被罵吧？

不管了，乾脆就偷偷打一下吧！

「如果我不小心把妳給打死了呢？」

莉卡還是沒有轉身，專心感受著身體裡的異變。

這股新生的力量要如何駕馭，眞的，非常讓人好奇啊！

「忍者如果會死，就不是眞正的忍者了。」優香挺起傲人的胸部。

「……眞是貼心的安排。」

莉卡說完的瞬間，已迴腳踢碎了優香的身體！

不，是殘影。

「百分之百用出剛剛得到的力量，應該可以眞的踢中我才對喔！」優香興奮。

優香說話的時候，已毫不留情一拳就將突然使出踢擊的莉卡狠狠擊倒。

咚。

唰！

莉卡倒在地上的時間不到半秒，便像蜻蜓點水一樣彈向一擊得售的優香。

這次，莉卡踢出的這一腳又更猛烈了。

換來的是優香按住她的腳踝，用力朝穴壁重重摔去。

失去平衡的莉卡撞上牆壁的一瞬間，立刻像一顆橡皮球反射向優香。

更快，更強！

「妳不用兵器嗎？會被我打到吐喔！」優香倒掛，像一隻怪叫的蝙蝠。

衝出的莉卡沒有吭聲，迅速朝優香擊出十幾拳，低調的轟轟聲蘊藏著驚人的破壞力，每一拳都超越了皇吻前的力量三成以上……就算是打在鐵上，鐵也會喊痛的。

但每一拳都揍了個空。

「給妳！」優香剛剛出汗，凌空一踢。

很好，沒有比在實戰中更能理解自己的新力量了……莉卡心想，用高舉的手肘防禦住優香這力道十足的閃電一踢，身體卻幾乎被優香打折了。

好痛。

莉卡連退了好幾步，手肘也冒出了焦灼的塵煙。

「倒！」

優香低身橫掃莉卡的腳，快速將她踢倒。

「搞什麼啊？我都還沒使出忍術櫻殺咧！」

優香嘴上這麼說，卻很佩服莉卡的適應力，又用更快的速度揍了莉卡好幾拳，莉卡十拳有八拳都勉強招架住了，剩下的兩拳全打在人體天生最結實的背部。

優香知道，剛獲得新力量的時候最想打架，可是卻也最不適合打架，就像一個平常習慣騎小綿羊機車的人換騎了一千西西的重型機車，引擎是猛了，但怎麼也不會騎得比平常要得心應手，搞不好一下子就出車禍。

但反過來說，在實戰中快速學會運用新力量的效率，就等於是這個人的戰鬥天份。這是平庸的人永遠也無法僞裝來的。

優香，就是想看看這個新的十一豺夥伴，到底是個什麼樣的角色！

「啦啦啦啦啦啦啦！一起加油變強吧！」優香在胡亂怪叫的時候，莉卡被當成一個移動的沙包，只有防禦的份。

但也由於專注在防禦上，莉卡的動作變得太固定、太沒變化，完全處於下風。若不是優香還想玩一下，莉卡早就被一腳踢暈。

新的力量明明很強大，卻如此被壓制，莉卡快要鬱悶得吼出聲來。

迫不得已，莉卡自然而然動用了暗自練習的新招式——

以徒手爲鏈鎚，肩胛末端發力，莉卡一拳「錐」出！

「唔！」優香暗暗吃驚，急速往後躲開。

差點被這突然逼近面門的一拳給擊中，一滴冷汗從眉毛飛出。

「哼。」莉卡解除了鬱悶，忍不住又是連續快拳。

眼前一黑，莉卡還沒看清楚自己中了什麼招，就朝著半空飛了出去。

優香抬著腳，有點高興地定格住這姿勢，腳底隱隱冒著焦煙。

「繼續使用妳的絕招嘛！這樣才有看頭喔！」優香嘖嘖，收腳。

話還嗆沒完，兩人的身影又快速交疊。

隨著優香巨大無朋的胸部快速晃動，她的拳頭、腿法也越來越刁鑽了。

在莉卡偶爾使出「末端加速的鏈拳」的怪招後，只是單純快速的拳頭已無法確實打中莉卡，優香在技巧上提昇了層次，悄悄進入了「忍」的境界。

一邊挨打一邊習慣自己「更新的強」的莉卡，終於掌握住優香的節奏。

千鈞一刻——

「中！」鼻青臉腫的莉卡大叫，用比先前快三倍速度擊出精彩的一拳。

只見優香被深深擊中，整個人被莉卡的鏈拳貫穿，優香驚愕又痛苦的表情……卻幻成了毫無觸感的煙。

「忍術……櫻殺!!」

瞬間，莉卡完全失去意識。

來自四面八方的攻擊，同一時間擊中了莉卡身上十八個地方。

莉卡頭昏腦脹倒下，優香毫髮無傷地出現在莉卡的背後。

「啦啦啦啦啦啦我很強吧！」優香甜甜地微笑：「雖然妳長得很醜，不過只要妳去動個換臉手術、做個乳暈漂白、刮掉腋毛，還是歡迎妳成爲我的好姊妹喔！」

「……」莉卡沒有聽清楚，因爲耳膜裡都是剛剛被揍的噪音。

這就是正宗的十一豺跟自己的實力差距嗎？

比起凱因斯麾下的十二星座，眼前這名女忍者一點都不遜色！

「起來吧，應該沒有那麼痛才對，因爲優香只用了五成力喔！」優香笑咪咪地拉著莉卡起來，不管莉卡揮手阻止，還是硬幫她擦去嘴角的鮮血，說：「經過我們兩姊妹這麼一打，感情開始有一點點萌芽了吧，所以妳不可以跟那個沒水準的冬子好喔……」

「……」

「對了，妳平常喜歡幹嘛啊？喜歡買東西嗎？啦啦啦啦啦啦最重要的是，妳喜歡什麼樣的男人啊？我跟妳說喔，我最近愛上了一個男人，妳知道嗎？他可是之前鬧很大的殺胎人喔！禁忌的戀情最讓人興奮了，光是用想的就可以到達高潮了喔！」

「……」

不管莉卡毫無興趣，優香兀自三八不絕，等到莉卡可以自己站好的時候，便帶著莉卡循原路離開翦龍穴。優香靜不下來，莉卡偶爾也只好答理幾句。

莉卡故意落後幾步，找了個機會將特殊的微型訊號發送器黏在翦龍穴附近。

這台微型訊號發送器所發射出來的訊號，當然無法直接穿透厚厚的地層到達地面，但它的訊號頻道有效範圍也有十公里，穿透率強，莉卡的身上總共有五台，只要掌握好距離，再透過橋接技術，便能在路徑五十公里之內的穴道虛擬出通往翦龍穴的路徑。

如果莉卡無法親自帶路，這些訊號器是最可靠的備案。

——將帶領出，就算是獵命師，也絕對沒有想過的超豪華獵捕特餐！

矇眼的暴馬

命格：情緒格

存活：兩百年

徵兆：考試只要一開始的兩三題不會寫，就發狂到在姓名欄寫甘霖老師。開車遇到前車停紅燈，就會一直按喇叭逼前車跟你一起闖紅燈。做愛的時候每兩秒就問對方一次：「啊妳到底是高潮了沒有？」或「要射就快射！」

特質：超級容易焦躁不安，暴衝暴進卻也不見得知道要幹嘛，一刻也無法安靜下來，完全呈現無腦狀態

進化：矇眼的一百匹暴馬

第379話

幾乎，東京有一半的人都抬起了頭。
從來就沒有想過，天空原來可以這麼危險。

「R9，兩枚鎖定！」
「R11，兩枚鎖定！」
又有四枚飛彈咻咻咻咻地咬著F22的機屁股，在城市半空狂野嚎叫。
「保持距離，R1鎖定！」
「知道了，R5鎖定！」
一瞬間又加入了兩枚，自上而下地追索雷力的性命。
絕對在那一刻，剩下的七架F16都認定勝利女神已經站在他們的肩上。
「仗著飛彈多，就一定能贏嗎？」雷力屏住呼吸。
雷力駕馭著……不，是根本與F22戰機合為一體，機身側翻，在六枚飛彈的追咬下衝進狹窄的大樓縫隙中，在快要撞上對面橫擋的大樓時，好像根本不需要迴轉半徑似地、近乎垂直地從大樓縫隙側邊立刻又衝了出來！

毫無意外，六枚飛彈全部都在縫隙中擊中不該擊中的大廈建築。

六加乘的威力轟得七十幾層樓高的大廈瞬間短少一半！

玻璃、混凝土、鋼骨、亂七八糟的屍塊全部都摔落在人人抱頭鼠竄的大街上，壓垮了正在大塞車的馬路，製造出更多更多無辜的屍體。

無法置信，F22竟然在實戰中用了這麼花俏的馬戲團技巧。

「不可能！F22不可能有這麼強！」F16飛行員大叫，看著自己發射出去的飛彈釀成的滔天大禍。

「大家想辦法將敵機引誘到海上！不要在這裡決鬥！」說完，不知道怎麼中的招，這一架F16戰鬥機引擎蓋上多了好幾個彈孔。

「警戒！」飛行員幾乎抓不住方向舵：「R12棄機！R12棄機！」

機蓋彈開，飛行員高高彈射出去，即將從座椅後方噴出緊急降落傘。

倏忽！

一道銀色閃光從後方衝過，將飛行員乾淨俐落橫砍成兩半。

還有意識的上半身帶著降落傘遊蕩在這不寧靜的城市上空，下半身提早一步墜落。

在半空中的哭喊是沒有人聽見的。

「還不夠，還不夠……」雷力的戰鬥機機翼上飛淌著血水。

鎖定著前方，一架驚慌失措的F16。

「我擺脫不掉！我擺脫不掉那架魔鬼！」那名F16飛行員完全亂了方寸。

「飛彈用完了，就用機關砲跟他對！」另一名飛行員大叫。

「不行！機關砲會射中民宅！快點往北飛走讓我對他！」又一台F16試圖從左後方鎖定雷力的F22。

語畢，最後說話的那人隨即失去操作戰機的意識。

一團造價昂貴的火球，在雲端墜落。

第380話

「乖乖不得了，我們剛剛爲了打架製造出的災難，好像一點也沒有意義。」

「可不是？不過這樣看起來，我們好像來晚了。」

距離集合時間還有一小時，提前結束幹架的賽門貓與螳螂首先在約定的地點碰頭，一個被揍得半死卻帶著笑意，一個沒什麼大礙卻滿臉的幹。

兩頭台灣來的吸血鬼坐在樓頂，看著一場突然就表演起來的超級煙火秀。

時不時，大地傳來焦躁的震動。

螳螂很羨慕渾身是傷的賽門貓，他的腳部肌肉嚴重拉傷，最少也得休息個一天晚上才能恢復，迷蹤拳想必打得很過癮吧？話說他一跛一跛地還能逃回這裡，也眞不容易。

「你說，那個叫大鳳爪的，身手不錯？」

「人很噁心。」

「王八蛋，我沒問你他人怎樣，我問你他是不是很強？」

賽門貓拿著剛從便利商店買來的冰塊包，冰敷著隨時都在抽搐的兩條小腿，叼著菸說道：「很厲害，我估計下一次就算一開始就用迷蹤拳對付他，勝負最多也只有四六之波。」

「這麼行，那你怎麼看我跟他打呢？」螳螂雙眼綻放光芒。

「問我做什麼？沒眞的打起來，怎麼知道有沒有相剋的問題。」他皺眉，隨口反問：「那你呢？對上了誰？」

「……」螳螂一時語塞。

「該不會是冬子吧？」賽門貓一猜就中，沒有特別意思地說道：「據說那個老不穿衣服的冬子實力雖然不錯，可是有一點花癡，怎麼？會特別難纏嗎？」

「我不想提她，反正算是被我打敗了。」螳螂面紅耳赤，語氣忿忿不平。

空氣中又響起了誇張的爆破聲，紅了滿天雲朵。

不得了，不得了，竟然有兩棟知名大廈就在眼界之內變成歷史名詞。

「總之，下一次來東京之前，我會徹底鍛鍊自己，再去找他打一次。」賽門貓吐出一口煙。對他來說，東京行的「個人目的」已經結束。

能帶回一個厲害的假想敵回台灣，眞是一個激勵自己成長的目標。

「不。」螳螂突然說。

「？」

「下次換我跟他打，然後你去跟冬子打……不，我不管你要跟誰打，總之我要跟大鳳爪打！」螳螂變得很激動，突然就改口：「不！那個大鳳爪應該沒被你的迷蹤拳打得太厲害吧？我等一下就去跟他打第二場！他在哪裡！」

「有沒有毛病啊你？」賽門貓沒好氣地按摩雙腳，不再理會老朋友。

兩頭吸血鬼說著說著，天空在一瞬間又變成紅色的了。

第381話

一架又一架著火的飛機殘骸墜毀在住滿平民老百姓的東京市區，在最繁華的商業區引起嚴重的大爆炸、死亡與驚恐——沒想到美國人的報復來得如此迅雷不及掩耳！

尖叫聲此起彼落，不知道是躲進隨時都會變成火場的大樓裡安全，還是直接趕緊按照地震求生法則待在戶外活命的機會高。

全部都亂了，亂了。

嗚——

一架F16筆直落下，以倒栽蔥的勢道撞擊地表，挾帶著逼近滿艙的汽油令它變成一顆威力十足的大炸彈，爆掉了周遭好幾條街的一切。

熱風呼嘯，衝勁十足的機件殘骸成了切割人體的凶器，斷裂的機翼像一把劊子手的巨大利斧，既快又突兀地朝人群橫切過來。

剮剮剮剮剮剮剮剮——鏘鏘鏘鏘鏘鏘鏘鏘！！！！

還冒著黑火的機翼掃殺過大街上、幾十個根本無法相信發生了什麼事的路人身軀，血水爆散，一大堆招牌與路燈砸落飛散，冒著電光的纜線失去控制，在半空中跳來跳去……吱吱……吱吱……

「小子，看來你偷偷愛上了這個城市吧？」阿海捧著天外飛來的半條還殘著火焰的屍體，一邊跑，一邊吃著血。絲毫不浪費。

「不會吧？我只是有一點點喜歡說……」聖耀抱著頭大叫，這一陣子他原以爲他的能力已經很收斂了，怎麼會這個樣子呢？

難道這個城市有哪裡不對勁嗎？

老大他們都還好嗎？

好險好險，佳芸沒有跟著來……

第382話

城市管理人站在電信大樓上空，面無表情地看著這一幕又一幕。

他心愛的城市成了煉獄。

而他，卻無法從他看似無窮無盡、實則依然有限的掌握力裡發覺誰該爲此負責。

管理系統裡出現太多亂數了。

尤其該怎麼處理這個在底下東跑西竄的吸血鬼小子呢？

他的身上帶著前所未有的黑暗能量，彷彿就是招惹一切禍事的源頭。

那股黑暗能量，巨大如隕石，深邃如黑洞，用「道」的眼睛來看，宛若一頭張牙舞爪的龐然邪獸。

但讓城市管理人驚奇的是，那個身負邪命的吸血鬼小子毫無特殊之處，卻能壓抑著那股黑暗能量，產生一種詭異的平衡感。如果自己徵用「人情」殺死這個吸血鬼小子，那破竅而出的邪獸恐怕才會眞正釀成巨禍吧。

話說，邪惡的力量會彼此吸引、互相召喚，藉機彼此吞噬茁壯。

那個吸血鬼小子究竟是被什麼邪惡的力量吸引過來？

有更多、更可怕的邪惡力量正朝著東京聚攏嗎？

第383話

所謂的學武之人，最怕的不是戰敗，而是無法追求更強的自己。

沒有比精彩的慘敗，更能激發出自己無窮無盡的潛力了。

「所謂劍之道……」牙丸傷心的頭髮，好像又更白了。

身上的刀氣消失得無影無蹤。

連揮手驅趕蚊蟻的殺意都蕩然無存。

站在陳木生與烏霆殲面前的，彷彿是一個毫無神采的尋常老人。

牙丸傷心所受到的內傷，遠比外表漆黑的焦痕還要嚴重許多。

由於組成的原始命格都是一堆亂七八糟的爛命，惡魔的爪子所擊發出去的「恐怖的厄運」除了物理破壞的效果，還有一種自由穿透物體的奇異能量，讓生命體籠罩在一股無法逆轉的絕望裡，鬥志全消。

如果用獵命師的眼睛來看，此刻牙丸傷心全身散發出一股了無生氣的黑氣。

但牙丸傷心，竟然在這絕望一擊之下，重新站了起來。

用他最自然的姿態。

究其因……

「面對過何其巨大的失敗，劍之道已經毫無價值。」牙丸傷心半睜半闔著眼。

相對於年輕氣盛、百戰百勝的佐佐木小次郎，留敗青史的牙丸傷心早已失卻了求勝的心，也捨棄了自己。

捨棄，並非佛家所說的「放下」，而是「斬草除根地輕賤自己的存在」。

歷史上，從來沒有一個人的慘敗被討論過如此多次。

只要有宮本武藏名字出現的地方，人們都會自動想起佐佐木小次郎的名字。

一個名字總是跟勝利連想在一起，另一個名字，自然與失敗同義。

「個人的榮辱，也如草芥。」

牙丸傷心的頭髮奇異地轉黑，皮膚上的老人斑越來越淡、漸漸消失。
肌肉散發出彈性的光澤，隱隱透出紅潤血色。
呼吸變得更輕，低垂的眼神凝聚得更銳利。
這是何等的迴光返照。

再不想敗了嗎？
不，不是那樣。

如果能夠以這樣的狀態，再跟武藏對決一次，該有多好？

不，也不是那樣的。
血族只是給了他永生不死的軀殼，卻也讓他聽見了永遠不滅的敗名。
他想借永生企求的巔峰戰鬥，並沒有來到。
就把握住難得的現在吧，在死之前，一定要盡情享受……

牙丸傷心，在團團黑氣中，散發出一股自料絕對敗死的頑抗之氣。

有那麼一瞬間，陳木生彷彿在這男人的臉上，看見那個嗜武成痴的師父……

「我想過了，我實在是太喜歡鑽研武道了，這輩子就這麼一個興趣。如果可以藉著這個機緣變成吸血鬼，除了可以跟那個男人一較高下，也能在永恆的生命裡繼續追尋螳螂拳的登峰造極，這樣不是很像我做的事嗎，哈哈！」

陳木生站前一步，擋在烏霆殲面前。

「雖然是我深惡痛絕的敵人，但，我不想他死在你的大龍砲底下。」

這一句話，等於否定了「惡魔的爪子」在武學上的境界。

烏霆殲一點也沒反駁，大大方方讓開，讓陳木生單獨對著牙丸傷心。

烏霆殲的眼睛裡，凝視著牙丸傷心體內的超級惡命。

經過剛剛那麼一炸，他總算是瞧清楚了……

「千年一敗」。

眞是窮凶極惡的糟糕命格啊。

等一下那頭吸血鬼死掉以後，就將你吃進肚子吧。

對我的魔鬼右手來說，這可是太豐盛的一餐。

等候著，等一下陳木生將這頭吸血鬼幹掉的那一瞬間。

那個吃食宿主頂級失敗之氣的惡命，一定不會放棄宿主死前激發出的最後能量，在牠貪婪掠奪牙丸傷心「最後的失敗」時，烏霆殲便趁機將牠給吃掉！

「一直以來，不管碰到十一豺裡的哪一個，我都只有邊打邊逃的份。」

陳木生看著，正在積聚最後一擊之力的牙丸傷心，慢慢說道：「但無論如何，我都可以跟他們之間的任何一個對幾手——唯獨你，我不需要看過你的一招一式，就知道一對上了就會一定死，所以，我總是提早逃得遠遠的。」

牙丸傷心眉毛微動。

逃？

如果當初懂得逃，也許暫時留下一個對決的謎，但……

「現在，我要面對我的恐懼了。」陳木生握緊拳頭。

體內的五十一種兵器激烈地撞擊在一起，發出震耳欲聾的鏗鏘金屬聲。

無數種千變萬化的兵器組合在陳木生的掌間隱隱示現。

毫不純粹，絕不和諧，每種兵器的獨特個性涇渭分明。

竟然有這種武功。

牙丸傷心微微驚異。

J老頭到底作的是什麼夢，竟然發明出這種已經不能稱作是兵器的兵器。

嚴格說起來，這已經超越了武功與兵器各自的範疇了。

眞好。

眞的是太好了。

深呼吸，觀想身體的機能底細——自己還有砍出幾刀的力氣呢？

九百……不，再多一點。

一千。

還要更多。

……還可以更多。

牙丸傷心面無表情，輕鬆寫意地踏出第一步。

彷彿有鮮嫩的小花在他的步履下盈盈盛開。

沒有風，卻像春風撲面。

看似遠處有鳥鳴，還帶著山嵐的沁涼氣息。

自然就是牙丸傷心，牙丸傷心就是自然。

多少個百年，無數在武學上追求大殺四方的強人，都想蹴及這樣的境界卻不能果

——何止殺意全無，每一個動作都融入了周遭萬物的體態，一點痕跡也沒有。

慢慢地，牙丸傷心的手搭著長刀。

慢慢地，絕對可以用嬰孩的肉眼加以辨識的速度，緩緩將刀拔出鞘。

慢慢地……慢慢地……

——天底下，有這麼慢的拔刀術嗎？

「危險。」烏霆殲感覺到前所未有的壓力。

此時，這城市遭受多重命運之力擠壓的結果，誕生了新的結論……

天空遠處一聲轟響！

一架F16戰鬥機在高空中遭到強襲，油箱爆炸，裂解的各式零件、驚聲尖叫駕駛員、斷折著機翼、著火的輪胎，統統向下四面八方狂射！

像是嗚咽的流星，像是憤怒的天擊 像是火山爆發衝向天又落向地的燄塊，火焰薰天，朝三雄對決處雷霆萬鈞地砸下！

但。

沒有人抬頭。

沒有人膽敢抬頭。

「一千一百十三聲響——無之拔刀。」

牙丸傷心低吟，說完了，刀才眞正拔出來。

殘骸傾火落下。

一千一百一十三斬，在牙丸傷心「既慢且快」的奇異斬擊下，不急不徐地施展開來。每一斬都不相同，有的快可逆斬天雷，有的慢到連花瓣都切不斷，有的刀氣縱横，有的刀質柔軟如水，好像連刀都彎成了荷葉似的。

突兀到了極點，卻又配合得絲絲入扣。

每一斬，都帶給了牙丸傷心新的武學體驗。

刀是殺人用的。

求快求了幾百年了，快到連最快的子彈都可以輕鬆斬半。

再怎麼將藝術牽強附會到了刀法身上，要是殺不了人，斬不了強敵，武的藝術何用？修身養性何用？再多的哲理又有何用？

刀，一定得殺人，而且要狠狠地殺，殺得迅速確實。

即便是巧妙地在起手式裡融入了不殺的姿態，其結果還是得殺。

然而，現在是什麼情況呢？

牙丸傷心也不清楚。

他感覺到一股眞正的從容。

刀快，刀慢，都不再重要。

反正過不久，即使對方什麼也不做，自己就會死了。

在死之前，享受一下最後這握刀的滋味。

畢竟自己窮極一生，就只有這一把刀。

就在他放棄了生命，放棄了獲勝，只求燦爛一戰時……戰鬥機殘骸不斷撞擊地面，散破出更多更銳利更危險的烈塊，就像是爲這一人一吸血鬼之間的對決撞出無數殺人煙火似地。

兩人身上的氣加乘激盪，這些周遭的變化都無法靠近，遠遠就給震了開來。

陳木生隨機應變，不，是超越隨機應變的一種武鬥本能，飛快使出一招又一招他構想已久的、曾在腦海中流星飛轉的強招。

「原來這一招不太通啊？」

陳木生反手一劍上挑，卻差一點被牙丸傷心的第四刀破開。

「這一招好像有點過頭了？」

陳木生大斧快轟，卻遭到牙丸傷心的第九刀後發先至。

「不對不對，使的跟想的差太遠了，原來應該把速度加快一些！」

陳木生快鞭回捲，差一點就成功封鎖了牙丸傷心的第十七斬。

「果然是這樣使，這一招大有妙著！」

陳木生鋼爪呼喝強逼，將牙丸傷心的第三十一斬消於無形。

到了第一百四十六招，陳木生根本就忘記要幹掉牙丸傷心。

反正，也幹不掉。

到了第七百三十四招，幾乎是任由體內的兵器迫不及待衝出去，藉由自己的體魄與牙丸傷心的巔峰斬法對決，一敗，再敗，連敗，卻也層出不窮，不讓牙丸傷心攻下城池。

陳木生的思考可能停頓了。

或者在這個境界裡，思考已沒有太大的意義。

而陳木生體內的「千軍萬馬」命格，正在異度空間裡呼嘯、擊鼓，狂霸地增幅陳木生攻擊的力量。一直未能插手的七十多名牙丸武士光是看，心臟就猛烈跳動，幾乎想搗住耳朵抵擋千軍萬馬的震撼。

但他們一點也不想逃走。

是的，不是不願意逃走，而是不想錯過這千載難逢變強的機會。

牙丸傷心的每一刀都蘊藏著至巧與至拙的境界，只要是用刀之人在旁看了，能夠從中學到一、兩刀的變化，此生便受益無窮。是以七十多名牙丸武士冒著危險也想繼續待著，看著，學著。

「不得了的戰鬥。」

靜靜觀戰的烏霆殲暗忖：「陳木生在戰鬥中一招一招地進步。如果那吸血鬼突然停止了的話，他反而會開始迷惑，忘記剛剛得到的一切。最好的辦法是繼續不加思索地交招，越久越好，讓身體記住此刻無敵的感覺……」

此刻，他不禁想起弟弟。

弟弟遭遇了強敵，每一次都能僥倖活下去，然後苟且地變強嗎？

落下的戰鬥機殘骸早已盡數灰飛煙滅。

第一千一百零一十三刀並沒有特別驚天動地。

牙丸傷心的刀簡簡單單地回鞘。

結束了嗎？

陳木生有點悵然若失。

身上完全沒有一處受傷，卻也沒能片刻攻城掠地。

牙丸傷心英姿煥發，神采逼人。

「吾乃……佐佐木，小次郎。這一生，總算瀟灑走過。」

閉上眼，動也不動。

空氣中彷彿還殘留著剛剛那一千零一十三刀的殘影。

兩人對打的氣息還在，兵器相擊的聲音依然繚繞遊蕩著。

陳木生看著他可敬的敵人。

頭一次，他對吸血鬼有了新的想法。

或許微不足道，但剛剛的打鬥確實發生了某種作用。

一道肉眼無法辨識的光芒，從牙丸傷心的七竅中慢慢爬將而出。

那光芒的動作很慢，剛剛飽餐一頓的牠滿足地回憶這幾百年來的等待。

「這麼肥，一定很難吃啊！」

烏霆殲獰笑，鬆脫他的下顎肌肉與關節，一踏步，張開大嘴狠狠朝那異色光芒咬下。

那還未完全爬出牙丸傷心的「千年一敗」似乎還不明白發生了什麼事，甚至連形體都還不完整，只能錯亂地掙扎，甚至想爬回牙丸傷心的軀體裡。

烏霆殲「伸出」惡魔的爪子，一把將驚慌失措的「千年一敗」牢牢逮住，強塞進自己的蛇嘴裡。囫圇吞棗，狠狠地將這幾乎有千年修行的大凶命給吃進肚子裡。

七十多名牙丸武士跪在地上，朝著牙丸傷心的遺體膜拜。置生死於度外。

看到這一幕，陳木生也沒有動手屠殺的念頭了。

「陳木生，我得找一個地方好好消化這隻怪物。」

烏霆殲全身散發出不吉祥的黑氣，彷彿可以聽見「千年一敗」在烏霆殲的肚子裡倉皇無助地獸吼，橫衝直撞，淒厲地想逃出這古怪的咒印空間。

「安靜！」烏霆殲大喝，高強的內力往肚子裡狠狠擠壓。

他的眼睛已經全部黑化。

要將這一股巨大的能量納爲己用，至少也得大半天，不，甚至更久。如果這段期間沒有人幫烏霆殲護法，走火入魔是不再至於，但爛命可淬鍊成純粹能量的比例就不會太高，無端端浪費寶貴的能源。

「走吧，這個城市已經大亂了，那種地方到處都是。」

陳木生看著火紅的天空。

人類終於動手了嗎？

在我進入打鐵場這一段時間裡，究竟發生了什麼事？

第384話

聽啊。

你聽啊。

不管誰贏了這片天空，這城市都在哭。

十二打一的優勢，已經只剩下二打一。

到底是誰追殺誰已經完全說不清楚。

不，已經剩下一對一的局面。剛剛又有一架F16的機翼被打掉一邊，快速旋轉墜落，撞上一棟剛剛蓋好、明天正式剪綵啓用的商業大樓。

「……」雷力吁了一口氣。

此刻雷力的鷹爪機砲子彈已經全數用光，卻還有最後一架F16在後方尾隨，伺機用最後的飛彈鎖定他。

奇怪的是，雷力並不緊張。他自信只要還在空中，就沒有人敵得過他，即使已經彈藥用罄，卻一定還能逃出生天。不，甚至將最後一架敵機給幹掉。

前所未有的覺悟，將他的空戰技巧維持在最巔峰狀態，無所謂不可能。

正當雷力思忖著要如何利用這城市巨大建築群的空間錯置感，誘引最後一架F16自己撞毀時，兩架戰鬥機正好一前一後衝越了東京鐵塔。

萬分料想不到，一道巨大閃電從東京鐵塔上方轟出，剛剛好就擊中了追咬雷力的F16戰鬥機！

這一擊並非一驟而逝，而是連續無間斷地猛電，巨大的雷擊效應令戰鬥機上的控制功能暫時失去效能。原本在設計上都具備了防雷擊的保護作用，但只是這一瞬間的功能空白，卻讓這架超低空飛行的F16就此往下疾衝。

這一衝就衝到了大街上，橫衝直撞地，至少毀了四條街。

「……」雷力往後瞥了一眼東京鐵塔。

完全無法理解剛剛是怎麼一回事，是幸運的鐵塔大漏電造成的墜機嗎？

俯瞰著東京街道上的熊熊大火，倒坍的大樓，數十條集體焚燒的大街。

還不夠。

但也無計可施了。

終於，瘋狂報仇的F22揚長而去。

剛剛在全東京最佳視野的地方，觀看了這一場眼花撩亂的空中纏鬥。

即便不知道到底有多困難，但一打一十二，真是夠了不起的了。

「你瘋了嗎？那架飛機差點就撞上這裡了！」廟歲抱怨。

差點他就要被逼得坐上幻化出來的巨型蜘蛛，從鐵塔上的高空跳下逃命。

聶老吹著手掌上的滾滾雷煙。

只用了兩成功力，就可以打下一台戰鬥機啊……這件事他今天才知道。

聶老坐下。

「人類，終於醒過來了嗎？」

多年以後。

人類與吸血鬼的歷史，同時管今天晚上叫「打開地獄入口之夜」。

心有旁騖

命格：情緒格

存活：兩百五十年

徵兆：寫考卷時會分心研究答案號碼有沒有特定的邏輯，看電影時會非常在意坐在前面十排的情侶是不是有偷偷在做色色的事，參加歌唱比賽時竟然會一邊唱歌一邊研究評審臉上是吃湯圓沾到了芝麻還是天生長痔。

特質：無法集中注意力，一直被特定或不特定的事物給支開注意力。在根本上欠缺了成功者最重要的特質。

進化：大幻想家

〈壓倒性的驚異狂屠〉之章

第385話

從大阪前往東京的新幹線列車，還不知道他們前往的地點即將變成頭號災區。

獵命師一行人聊累了，開始各自做各自的事。

鎖木閉著眼，呼吸沉重。他在修煉斷金咒裡的心訣，雖然他的戰鬥力不高，但是在關鍵時刻多一分力量是一分。

這些年他自以爲武藝高強，只要循序漸進就能隨著歲月的腳步變成頂級高手，等過了四十五歲，就能自然而然成爲長老護法團之一。這是鎖木的優點，絕不好高騖遠，不躁進。但這一個月來的遭遇讓他深深體會技不如人的痛苦。

書恩不知道要做什麼，只好也閉上眼睛。

她是越來越混亂了。

這輩子她都沒什麼目標。唯一有過的任務就是殺掉眼前的這小子，但現在大家又都不殺他了，眼巴巴押著他去見聶老，不知道會是什麼下場。此刻大戰在即，聶老是傳說中的人物，到底他在想什麼？

有超強閱讀癖的倪楚楚當然在看書，不過已經將那本《喂！你幹嘛討厭自己？》給看完了，現在換了一本《在馬桶裡釣青蛙的男人》。不知道是什麼鬼。

闞香愁剛剛睡醒了，去尿尿，但一直沒有回來，想必是在廁所裡昏迷過去。

神谷不再踢烏拉拉的腳。

她睡著了。睡得很甜。大概是晚餐的啤酒幫的忙吧。

烏拉拉看著神谷的睫毛，專注的眼神像是在細數神谷的睫毛到底有幾根。

「喂。」兵五常瞪著烏拉拉。

「幹嘛？」烏拉拉繼續看著神谷，樣子像白痴。

「別那樣看她，她會被你看醒。」兵五常伸手，擋住烏拉拉的視線。

「哪有可能。」烏拉拉不信。

「你看著我。」

「我不要，你長得好兇。」烏拉拉將兵五常的手拉下。

「我叫你不要看她，看我！」兵五常惱怒，伸手繼續擋。

烏拉拉只好耐著性子，深呼吸，與兵五常對看。

五秒。

七秒。

「兵五常。」

「做啥？」

「你的鼻毛露出來了。」

說完，烏拉拉繼續看神谷。

兵五常大怒，喝道：「我叫你不要看她，看我！」

兵五常一掌就要巴向烏拉拉的臉，卻見烏拉拉看也不看，手指疾戳，幾乎要命中兵五常的掌心要穴。兵五常掌底翻轉、輕易躲開烏拉拉的快指，又想一翻再巴，卻還是被烏拉拉的連環快戳給支開。

這一交手，均顯現出兩人的上乘武功。

神谷迷迷糊糊睜開眼。

「……你太大聲了。」烏拉拉皺眉，收手。

「這小子剛剛一直在偷看妳，都是他害的，居心不良。」

兵五常跟著收手，氣急敗壞看著烏拉拉，卻不敢看神谷。

神谷的臉紅了。

此時，倪楚楚突然坐直身子。

「有人上了車。」她說。

「喔？」烏拉拉精神一振。

鎖木跟書恩同時睜開眼睛。

打一上車，倪楚楚就隨意叫了十幾隻次亞地蜂在各個車廂擔任斥候，只要有任何風吹草動都逃不過她的眼睛。

「是敵人嗎？」兵五常冷冷道。

「不，是族人。」倪楚楚藉著蜜蜂的眼睛，看著晃動的畫面。

兵五常微微失望。

「怎麼有辦法突然上車？那是什麼樣的能力？」烏拉拉好奇。

「車子恐怕不會繼續前進了。」倪楚楚沉吟。

話一說完，高速行駛的新幹線的速度眞得慢慢緩了下來。

越來越慢，越來越慢……

車上的乘客不安地看著窗外，原本就心亂如麻的他們，此刻碰上沒有廣播的暫時停車，又更心煩意亂了。

「既然是族人，應該是特地來碰面的吧。」書恩說。

「來意不善。」鎖木料想如此。

「是初十七。」倪楚楚闔上書：「她正看著我的蜂說話。」

「……」鎖木、兵五常的臉色同時一沉。

書恩隱隱感覺不對勁。

列車完全停了，乘客鼓譟起來。

「下車吧，不然的話所有乘客都會被連累的。」倪楚楚起身。

「那闞大哥呢？」烏拉拉拉起神谷。

「你管他去死！下車！別忘了你的身分！」兵五常用力拍捺烏拉拉的肩膀。

此刻兵五常的心情，異常暴躁。

第386話

烏拉拉等人下車，列車果然重新啓動，朝著烽火連城的東京而去。
有點可惜，不過一頭霧水的烏拉拉暫時還是看著辦。
這裡是一望無際的荒地，約莫在名古屋的近郊而已。

前方，已經有一個人站好了等著。
沒有說話。也不是很想找人說話。
是個女人。

「剛剛應該讓這個女孩搭車先走的。」鎖木看著前方那人，壓低聲音。
「東京已經不能以常理看待了，她待在我身邊，安全太多了。」烏拉拉。
「……你會招惹強敵，她只有更危險。」鎖木直說：「就像現在。」
「喜歡的女生看著我，我會比平常強很多。變強以後的我，絕對保護得了她。」烏拉拉自信：「而且，我也相信你們。」

神谷聽著，臉紅著。她不明白爲什麼這個男孩可以將這麼肉麻的話掛在嘴邊，何況自己從來沒有正式答應過要跟烏拉拉的交往啊。

「少來。」鎖木答得斬釘截鐵。

他沒說的是，或許等一下就是說再見的時候。

「初十七，來幹嘛啊！」

首先打破沉默的，當然是心浮氣躁的兵五常。

那個叫初十七的，是個年約四十多的女人，眼睛腫腫的，像是熬夜哭了一場。

「來殺一個人。」

初十七的聲音蓄滿了哭哭的鼻音，說不出的詭異。

「……我啊？」烏拉拉倒不驚訝，乾脆舉手。

「都讓開了。」初十七不廢話，直接拔出一道白光。

用的是一把漂亮的長劍。

烏拉拉吐吐舌頭。

「當我們死人啊！初十七，妳再強可以打得過我們這麼多人嗎！」兵五常大吼，一棍蹬地，卻沒有要出手的意思。

「……」倪楚楚翻著書，幾隻負責偵測這片原野的蜜蜂探測到了更多的敵人。

「哼。」初十七冷笑，聲音卻像哭：「逮了一個大家都要的死犯卻不殺，還大聲護著他，獵命師長老護法團，原來都是雙面人。」

「大長老說，如果講得通，這小子暫時不殺，抓回去。」鎖木很冷靜，可以交涉他絕對不動手：「我們這就提他去見聶老，全部都是實話實說。」

此話說完，一個老人從遠處的黑暗中走出。

「大長老太老了。」老人沙啞：「有時事情想的不那麼清楚。我幫他想。」

那老人沒有拿兵器，只是垂著手。老歸老，糟卻一點也不糟。

太小看那雙手的話，一定來不及後悔就死了。

「老麥，你還活著啊？」兵五常很吃驚。

「失禮，辜負你的期待。」老麥面無表情。

老麥可說是獵命師族群裡人緣最差的幾位之一，原因是他擔任祝賀者時有過三次異常不良的記錄。怎麼說？老麥三次都不耐一邊哭泣一邊決生死的兄弟姊妹，衝動地出手殺了他們其中之一或其中之二，令活下來的那一人、他的父親或母親，從此恨上了這個沒品的人。

大家傳聞有自殘習慣的老麥自殺已久，連自殺的死法也言之鑿鑿。

現在好端端站在面前，還與惹不得的初十七在一起。

更遠處，傳來汽車引擎的聲浪。

看樣子還有幫手，初十七只是負責把列車停住而已。

至於他們怎麼找到烏拉拉等人的？……獵命師無所謂不可能。

來的是輛軍用吉普車，開車的是一個一腳已踏進棺材的老傢伙。

不是老傢伙不想走路，而是他的兵器實在又大又重。

一個黑壓壓的超級大鏈球，用鋼箝綁在他的手上，放在後車座。

使用笨拙大兵器的竟是個老人，也只有谷天鷹這種怪物才辦得到。

這三個人都不簡單。

這三個人都曾經是長老護法團，卻都被大長老解除了職務，理由都是服從力太低、行事偏激。跟鬪香愁有異曲同工之妙。

不過不當護法團也沒什麼了不起，獵命師本來就是各自爲政的草莽個體，若非要防止詛咒應驗，獵命師也不可能發展出這種變態的監視系統。

吉普車停下。

「鬪香愁不是跟你們一起的嗎？」谷天鷹左顧右盼，似乎非常在意。

「沒下車……吧。」鎖木保持一定的禮貌。

「那好，我們也不爲難你們，你們在一邊看著就可以了。」谷天鷹下車。

那鏈球未免也太大了，拖在谷天鷹爬滿老人斑的手上卻一點重量感都沒有。

「什麼意思？」兵五常冷冷道。

「爲了詛咒，不管是誰都不該冒險。」初十七陰惻惻道：「我的孩子半年後就滿十八歲了，我可不想他們還沒來得及過生日，就死在詛咒裡。」

「難道還看不出來嗎？詛咒越來越明顯了。」老麥打量著站在兵五常旁邊的烏拉拉：「這個世界越來越不對勁，馬上就會有大戰，大戰會覆滅我獵命師一族，唯一之道，就是先殺了這小子。」

「我可沒這麼大影響力。」烏拉拉傻眼。

早早亮劍的初十七就要衝出，被老麥一把抓住。

「總之，讓我們做完你們本來該做的事。」谷天鷹也算是有禮貌。

「不只我們，一知道那兩兄弟在東京，很多獵命師都前仆後繼趕來了，早點結束這件事，對大家都有好處。」老麥嚴肅地說。

高傲的倪楚楚掃視了他們三人一眼。

「聶老不在，你們講話就特別大聲啊。」她冷冷地說。

鎖木跟書恩駭異地看著倪楚楚。

「這是說，你們要護著逃犯？」初十七怒得全身發抖。

「如果你要殺的是烏霆殲，我沒話說，甚至會幫手，不過這個傢伙可是束手就擒了。我只聽大長老跟聶老的話，在那之前，誰動他，誰就是獵命師的叛徒。」倪楚楚將書放在大衣口袋，雙手抱胸。

烏拉拉緊緊握著神谷的手。

「兵五常，你呢？」初十七拿著劍，怒氣騰騰指著兵五常。

「我發過誓，這輩子絕對不讓別人拿劍指著我的頭。」兵五常回瞪她。

「這麼說，你要硬幹啦！」初十七大叫。

「我一不留神欠了這小子一個人情，如果跟你們幹一架可以還清帳款的話，哼，怕你們三個行將就木的老人不成？」兵五常站前，卻連一眼也沒看烏拉拉。

「你們兩個小毛頭，也是一樣心思嗎！」初十七拿劍指著鎖木跟書恩。

「我們沒主見，只是，難道各位前輩不能等到我們一起見了聶老嗎？」鎖木。

「那我們三個就一起上了。」老麥點點頭，似乎也可以理解：「不好意思，我們不搞英雄主義那套，你們也別客氣了。」

老麥說完，來敵的三位一齊伸出手，將靈貓捧在掌上施咒。

不用說，倪楚楚等人也同時伸出手，將靈貓捧在掌上施咒。

妙的是，連烏拉拉也將紳士捧在掌心，口中唸唸有詞。

「……」倪楚楚狐疑地看著烏拉拉。

一瞬間，引命上身的速度俱是一流的獵命師們都完成了召喚。

同一時間，所有人又施展了幻貓咒將靈貓送到安全的另一空間。

當然了，鎖木跟書恩動作挺慢，但戰鬥時不傷害彼此靈貓的共識下，三敵暫不出手。這也顯示出他們認爲自己的實力大大凌駕在這群小朋友之上。

「……你將我插在你身上的『百里箍』解除了？」倪楚楚瞥眼，難以置信。

倪楚楚在烏拉拉的背上用自己獨特的血咒圖騰封印起來，這個世界上除了她自己，或是大長老那種怪物，沒有人可以解得開深藏的密碼。烏拉拉自己要換掉命格，那是絕無可能。

「妳別緊張，我先把『百里箍』放在紳士裡，等危機解除，我再自己插回身上，方便你們找到我。」烏拉拉微笑：「如果情況不對，我會第一個帶神谷逃走，之後再去找你們，你們務必全部都要活下去啊。」

倪楚楚幾乎要打了個哆嗦。

這種強行破命法，就連「天才」兩字也遠遠難以形容。

「……」兵五常眼睛鎖著隨時都會動手的三敵，冷冷道：「帶著神谷，你跑不遠，我答應你保護她就是了。」

「謝謝啦，可是我需要她。」只見烏拉拉笑嘻嘻地從紳士體內拿出一個命格插在自己身上，伸出手按著神谷的頭，神谷不明究裡看著烏拉拉。

烏拉拉嘴巴快速念動，不仔細聽的話還以爲是幻貓咒的歌訣，但深究起來又有一點點的細微差別。只一瞬間，神谷消失了。

這下不只倪楚楚，所有人都大吃一驚。

「臭小子你搞什麼鬼！」初十七亂叫，拿劍指人。

「我不過是更動了一下歌訣裡關於隱藏物的敘述部分，還有幾個形容隱藏物大小的小地方，沒想到一試就成功了啊。」烏拉拉這種愛炫耀的人，當然有點得意。

但他可不知道這意味了什麼。

幻貓咒的歌訣是大長老親自研發出來，爲的是在戰鬥中保護牠的同類。但所有的獵命師面對唱得奇奇怪怪的幻貓咒，全部都是靠強記，反正咒語就是咒語，能用就好了，去思考歌訣中的意義不是追根究柢的精神就能辦到，那根本就不是人類的語言……那頻率，顯然是位於靈界與貓之間的橋樑語。

驚世駭俗的天才嗎？

恐怕只有烏拉拉還以爲，自己不過是有隨機應變的小聰明而已的努力型。

在那一瞬間，與烏拉拉同行的幾人幾乎就要相信烏拉拉可以突進地下皇城。

「真不愧是跟大長老素有淵源的烏家一族。」老麥面無表情。

只見烏拉拉左手凝了一團火，右手捏了斷金咒訣。

「豈只如此，我還融合了斷金咒、火炎咒、鬼水咒、天崩咒，造了一個超強的新術，上次一用，威力之大差點連我自己也被殺了。」烏拉拉哈哈大笑，突然衝出。

初十七、老麥、谷天鷹滿臉吃驚。

融合咒術產生新術這種事前所未聞，那個叫「天崩咒」的術更是聽都沒聽過，但可以肯定的是，能夠叫「天崩咒」的術一定不能小覷！

倪楚楚心中有了計較，開始施展特殊轉化，大衣頓時鼓脹起來。

反射神經超快的兵五常幾乎與烏拉拉一起衝出，心中已經開始幫烏拉拉倒數幻貓咒的時間限制，在時限逼近前若無法打敗這三個老怪物，至少也要烏拉拉脫困，否則神谷就會永遠困在虛無飄渺的黑暗咒界。

「儘管用你的什麼大怪咒，別管我！」兵五常連人帶棍衝。

「那還用說！摩訶破空咒——第三階段！」烏拉拉高高躍起。

三個身經百戰的強敵抬頭，額上各自一滴冷汗。

只見無數大火如隕石般從天而降，朝初十七等人身上轟砸而下。

這……

這……

這是大火炎咒系的雷霆火隕啊！

預期之外的大落火，即使是老麥這種機八透頂的狠角色，一時之間也給燒得眼冒金星。

「哈哈！唬爛的啦！」

烏拉拉充滿火內力的一拳，擊中看起來最強的老麥後背。

當眞是怒火攻心，老麥一時承受不住，往前摔倒。

兵五常的黑棍盤上了頭髮燒得捲起來的初十七。

倪楚楚解開大衣，砲彈般的蜂群衝向正掄起巨大鏈球大力掃火的谷天鷹。

奇妙的戰鬥，開始。

第387話

晚上十點零七分，距離日出還有六個小時。

在夜的時候要多作一點決策。畢竟今天一整天，人類眞的做了很多很多啊。

深邃的翦龍穴通道裡，眾人越走越散。

遠遠落在白氏長老後面，幾乎墊底，阿不思陷入罕見的沉思。

如果是牙丸千軍前輩，他會做出什麼樣的決定呢？

下棋，牙丸千軍是遠遠不如她的，所以牙丸千軍從來不以下棋的比喻教導她任何事。會下棋不過就是會下棋，跟謀略什麼的可以說一點關係也沒有，如果有，也是牽強附會。

阿不思一邊聽著自己的腳步聲，一邊思考……

除了自認個性很好外，那老頭子選擇了自己當作接班人，一定不是因爲自己最能打，也不是因爲自己最愛好和平——而是因爲自己很能打，也很愛好大致上的和平。缺一不可，尤其前者更是維護後者的基本要素。

老頭子把自己訓練得這麼強，說不定就是爲了這一天。

「在想什麼？」牙丸無道聽出阿不思腳步裡的思慮，回頭。

「在想不該做什麼。」阿不思隨口答道。

是的……不是該做什麼，而是不該做什麼。

「過多的決策會導致錯誤，我會謹記的。」牙丸無道點頭。

「也不是這麼說。」阿不思還是隨口。

打，牙丸無道是很強，但絕對打不過她。

但牙丸無道的本事是權力，是一種教很多能打的人爲他效命的那種權力。

事必躬親是牙丸無道的權力本色，任何人都可以看得出牙丸無道對權力的渴望。對權力太過熱衷的人經常犯下躁進的錯誤，但牙丸無道沒有這個缺陷。

至少，在確實取得了權力之後，牙丸無道應該會是一個可靠的好夥伴。

因爲他該拿的都已經拿完了。

想要長長久久擁有他所獲得的權力，擁抱戰爭不是終極之道，擁抱戰爭後收成的果實才是……這點，可能是他們最基本的共識吧。

「對方一定有很強的戰士。」阿不思開口。

「要不，就是設下了很聰明的陷阱。」牙丸無道將腳步緩下。

沒錯。

當初牙丸五十六設下陷阱軟禁了牙丸千軍，逕自對美國發動珍珠港奇襲，就是培養了一批專屬於牙丸五十六的親信部隊「烏鴉的爪子」，費了好一番工夫終於「用力捕捉」了牙丸千軍。

「可見老頭子不是總能贏，要幹掉他，方法還是有的。」阿不思像是在說著不干自己的事，已走到了牙丸無道的背後。

「這個方法同樣適用在妳身上。」牙丸無道鄭重：「妳要親手報仇，可得小心。人類那邊有很強的傢伙，不管是陰險下棋的人，還是被當作棋子的人，都很不好對付。」

「的確如此。」阿不思有點敷衍，簡直隨便問：「現在有什麼打算？」

「拐彎抹角，只是白白讓己方元氣大傷，盲目地尋求和談只會讓人類得寸進尺……不管人類是不是全部站在同一陣線。」牙丸無道握緊拳頭，讓始終面無表情的他罕見地有了點反應。

嗯，阿不思有同感。

和平是軟弱的人的首選——這是很多強國將領心中的想法。

想要和平？可以。

但你不能在第一時間展現出這種渴求給敵人看！

「有必要雙管齊下嗎？」阿不思指的是戰爭與和談。

「先展示籌碼吧。」牙丸無道用最若無其事的口吻，說出最強硬的句子。

「這麼說起來，樂眠七棺都要一鼓作氣打開囉？」

「敵人盜走了『那個人』，一定會想辦法將他收編成敵方的戰力，要制衡他的力量，動作得快。」牙丸無道躍躍欲試：「到了上面，我會立刻簽署開棺的紅色命令。」

「是嗎？」

阿不思從未見過「那個人」，但根據歷史文獻記載跟多方留下來的殘簡傳說，那個人之驕傲，之強，之狂，絕對不可能被敵人所用。

當然了，這個無所不發明的世界若誕生了什麼鬼的洗腦機，那就另當別論。

但比起樂眠七棺，阿不思難免認為那個有很強烈自閉症的、躲在蓊龍穴裡每天要吃十個活人的「超級大牌」，在面對血族大劫時也該有所行動才是。幾百年了，難道就眞的只剩下幫忙上上潛力開發課程的氣力嗎？

也罷，比起大睡一覺後過度飛揚跋扈的胡亂指揮，將戰爭交給真正活在這個世界上的其他人，血族比較有活路。

「這一場戰爭，最好能在展示籌碼後就告一段落。」牙丸無道有感而發。

「恐怕不能如願呢，歷史告訴我們，一旦開打，要找出結束戰爭的下台階理由，會比搞出戰爭困難百倍……」阿不思咕噥。

他們的談話，都聽在走在最前頭的白氏長老耳朵裡。

第388話

隱隱挑眉，這些眼珠子閃白的老頭子們，心情可是非常亢奮。

許多人都以為養尊處優的白氏非常缺乏實戰經驗，而現在國家對國家等級的「幻戰」需求被依附在牙丸千軍手底下的「神道」給取代。

會有這種傳言也是正常的。

對比深入簡出的白氏尊者，風塵僕僕的神道可是走遍千山萬水執行特殊任務。神道的成員皆足以擔當大任，手段淩厲，一個訓練有素的神道特務可比一支任意開拔到世界各地的小型軍隊，既擁有白氏的幻戰能力，又擁有牙丸武士的實用價値。

白氏的力量，早就被世人所遺忘。

直到二次世界大戰末期，白氏長老們集思廣益研發出來的「萬鬼之鬼」血咒初級版，在一次行動任務上震懾住人類的軍事領袖麥克阿瑟，逼迫他相信血族如果不計代價，也是有能力製造出等同核子彈威力的「腦兵器」。

……而且，還可以隨時在悠閒開著車經過白宮時，直接朝裡面扔幾隻連電影特效都做不出來的怪物進去。

然後又過了好幾十年，白氏還是被自己的族人給遺忘了。這些年裡，白氏低調、或者該說是不屑讓他人知曉地完成了「萬鬼之鬼」結界大咒，並訓練出幾個出類拔萃的小怪物出來。

如果說牙丸武士是以成天打打殺殺爲訓練內容的話，那麼，講究天份的白氏諸人，就是好整以暇地或坐或臥在蒲團上，用眼花撩亂的幻術彼此對抗！

牙丸武士們粗手粗腳的對抗，已經敵不過時代的演進了。

血族面對的，已經不是從前那些只能靠白天苟且求勝的人類。

人類變得太強了。

變得太可怕。

「只有幻術才是歷久不衰的超兵器。」

活了一千年，依舊精力充沛的白常總是將這句話縫在嘴上，並期待有一天可以在日本陷入危難時當眾說出這句話。

漫步向上，千迴百轉，眾人已經走到禁衛軍的指揮部，半圓形的戰爭會議室。

踏入會議室前，白常突然轉頭。

「不管樂眠七棺要不要打開，我們都做好準備了。不必理會我們，我們白氏自然有白氏一貫的戰鬥方式，只要我們向軍方做出要求，軍方一律遵從就可以了。」白常面無表情。

「不，會議結束後，請務必告訴我們長老們的計畫。」牙丸無道很會說話。

如果無道說「請自便，我們不會干涉長老們選擇的戰鬥」，聽起來好像是絕對的尊重，但一點都不好奇白氏的行動，也就等於不關心、不在乎，一點都沒有把白氏可以貢獻的力量看在眼底。

那可是觸犯了大忌。

「缺乏長老的力量，我們無法得勝，請與我們並肩作戰。」無道的聲音帶著溫度。

這種話，阿不思是打死也說不出口的。

「哼。」白常回頭，不知領了這個情沒有。

□

戰爭會議的氣氛不太妙。

才往返翦龍穴一趟，戰爭會議上的臉孔又多了一批，交頭接耳，拍桌砸聲，瀰漫著一股焦慮不安的氣氛。

連牙丸千軍的首級都給敵人侮辱般取下了，還能期待什麼？

而「己方」逕自突襲、在全世界人類面前殺死美國總統……即使是合理的報復，但這不是落實了人類大舉進犯的理由嗎？

如果已經準備好要開戰，不是應該主動出擊嗎？

怎麼會是今天一堆將領摸不著頭緒的狀態！

迫切需要「有希望的領導」，是血族將領們此刻最冀盼的。

白氏長者首先坐下，他們最習慣的貴族席，也是一貫的冷位子。

「該來的都來了吧？」牙丸無道冷肅著臉，掃視與會的高階軍官。

戰爭會議上可以見到形形色色的臉孔，但因爲並非主動侵略，而是被迫做出回擊應變的求生一戰，所以看不到欣喜若狂的嘴臉。

少數幾個擁有牙丸稱號的老前輩也趕來與會，他們雖然已經不大管事了，但一身功力還在，衝著替牙丸千軍報仇的滿腔怒火，即使牙丸無道不讓他們帶兵，他們當馬前卒也是千百個願意。

此外，自衛隊的人類將領們也穿著掛了一身勳章的軍服匆匆報到。這場用世界地圖當格局的硬仗打下來，要不死，這身亮晶晶卻空洞乏味的勳章可得全部脫下來、換上眞眞正正的戰功獎勳。

戰爭是加速權力的分配最快的方式。

生在承平時代，是戰士最大的不幸。

如果想要透過戰鬥確立自己人生價值的，現在可是大好機會。

一個空軍中校已經拿著一份報告，一臉肅容準備念出絕對是壞消息的句子。

除了白氏，所有人都站得挺直，無人發出一點聲音。

在會議開始前，牙丸無道首先開口。

「我想先讓大家知道，剛剛血天皇他老人家已經允准我們發動對人類的全面戰鬥。」

牙丸無道站在半圓形的底線中央，承受眾人的疑惑與焦躁。

「只是，這一場戰爭不大對勁。」

「幾乎，沒有可能勝利。」

「似乎是要聲嘶力竭，用不顧一切的戰鬥換取吾族的生存。」

「吾族一向是霸道出兵的主動那方，哪有等人來打的道理？」

「爲了生存下去而戰鬥，恐怕是第一次吧。」

「不過也正是因爲如此，一定得獲勝才行！」

「從現在開始，我們就是肩負大日本人類與血族生命安全的強韌防線，所有人，都要有犧牲自己，以換取其他所有人繼續生存下去的覺悟。」

頓了頓，牙丸無道檢視眾人眼中漸漸消褪的疑惑。

有一股無人察覺的強大力量從牙丸無道的掌心中洶湧捲出。

巨大、隆隆地包覆住在場幾十名來自各軍種的高階將領。

那股無形的能量並非山洪爆發般無所節制，而是訓練有素的、計算精準的龐大力量。與牙丸無道的性格完全嵌合。

「不論手段！」他喊道，並非慷慨激昂。

「不畏敵人！」他喊道，並非滿腔熱血。

「不計代價！」他喊道，並非要求群情激憤。

——卻自有一股讓人完全信服的魄力。

牙丸無道舉起拳頭，用力握住空氣：「捍衛血族！捍衛我們的食物！」

眾將領紛紛舉起拳頭，握住眼前唯一可以掌握的空氣，用力齊喊：「捍衛血族！捍衛我們的食物！」連續喊了三次。

這個畫面總算有點熱血，實際則非常諷刺，因爲約莫有一半的在場將領都是人類。但那些人類將領在吶喊這句誓言辭令時比其他牙丸將領更加用力，簡直是聲嘶力竭，好像怕喊得太小聲就會被認爲不夠忠誠似的。

大概只有阿不思從頭到尾保持一貫的不在乎。

如果不是牙丸千軍隱隱傳承的遺命，她會以非常歡愉的態度維繫住血族與人類的和平，並欣然接受過程中「難免發生的死傷」。

但很不幸，能力上準備充足，個性卻最不適合的阿不思得進入政治。

阿不思坐下，看著等待多時、滿臉悲愴的空軍中校：「說吧。」

「在擊落了幾乎整個敵方戰鬥機群後，白苦長老已經殉職了。」中校很遺憾。

此話一出，幾個年紀較輕的白氏貴族無不愕然，而剛剛從翦龍穴回來的白喪、白常、白無三長者也忍不住眉頭輕蹙……這個表情已經是他們最大的震驚。

白苦，可是白氏五大長老之一，腦能力跟他們不相上下，又加上「萬鬼之鬼」血咒，很難想像會敗死在人類的攻擊中。

「人類的F22戰鬥機群太強了，來犯者一共有三大飛行中隊，共四十八架，戰鬥力遠遠超過我方的估計，白苦長老奉獻出生命最驕傲的力量才將敵人幾乎殲滅。」該名中校的語氣帶著雄渾的悲壯，哽咽地說：「白非跟白力兩位年輕尊者已經緊急替任了白苦尊者的位置，協助自衛隊守護東京灣的安全。」

不過……

「幾乎，就是沒有全部打下來的意思？」阿不思平靜地看著中校。

「是的，一架敵機成了漏網之魚，闖過了萬鬼之鬼的防線逼近東京上空……」中校語氣憤慷：「原先爲了防範敵機來潮，我方派出二十四架在東京灣上空待命，不料卻被這架漏網之魚全數……全數擊毀。」

「這麼厲害。」阿不思有點詫異。

她對空戰一知半解，大抵就是你我的程度，但在完全沒有奧援的情況下，空戰要以一敵二十四，這簡直——完全不可能。

「現在怎麼處理？」牙丸無道。

「已經諭令另一中隊，共計十二架戰鬥機群升空了，絕對會將它擊落！」

「連二十四架都會被擊落了，現在只十二架，你小學有畢業嗎？」

阿不思說著不稱場景的話，卻不像在開玩笑。

中校楞了一下，面紅耳赤地說：「對方的空對空飛彈已經全數用罄，除了近身砲沒有一點招架能力，我方派出十二架，已經是高估敵人了。」

「你保證嗎？」

「……」中校心跳加速，趕緊立正回答：「是！我保證！」

人生最可怕的厄運，總是來得最巧最妙。

緊急電話鈴響，通訊兵支支吾吾地報告：「報告長官，第二波派遣出去的十二架F16全部……全部遭到敵機擊落，空戰效應造成東京市區重大的災害，而敵機……敵機已經離開日本領空，朝第七艦隊的方向返回。」

在場所有人面面相覷。

日本空戰史無前例的，大敗北。

「自殺吧。」阿不思若無其事地說。

誇下海口的中校羞憤交加，立刻就要拿起腰際的佩槍朝太陽穴轟下。

「急什麼？」阿不思冷冷地說：「會不會開飛機？」

「是！下官乃日本空軍官校第一〇四七期……」中校悲憤地說。

「想自殺，就開飛機去撞第七艦隊，到時候睜大眼睛，挑一艘最大的軍艦撞上去，你的命應當要這樣用。若真的讓你撞成了，我們還是會依照契約照顧你的家人，給予你的子子孫孫永遠不會被當作食物處置的承諾。知道了嗎？」

「是！」中校低頭。

「敵人很強，現在起要有全部的攻擊都有同歸於盡的魄力……」阿不思淡淡地說：「如此才有一絲曙光。」眼神看向牙丸無道。

真是可靠的戰略夥伴。

牙丸無道點點頭，宣佈：「特別V組，此時該做什麼就做什麼。」

「是！」

「禁衛軍跟自衛隊聯合準備一下，一個小時內打開所有剩下的樂眠七棺。在十二個小時內，我要所有的樂眠戰士在作戰指揮中心就位。」

雖然在意料之中，但此話一出，所有將領都大爲振奮。

樂眠七棺的血族最精銳，個個以一擋萬，絕對可以殺得人類部隊人仰馬翻。

「在此，我奉血天皇之名，宣佈啓動冰存十庫所有的兵力。」牙丸無道舉起手，厲聲說道……

「用最熱烈的慘勝，捍衛我們的食物！」

大材小用

命格：情緒格

存活：一百五十年

徵兆：智商一百六十的你，每天做的卻是智商八十的人都能輕鬆勝任的工作。明明精通十種樂器的你，合組樂團時卻被分配到三角鐵。抓籃板、灌籃、三分線、跳投跟喝水一樣簡單的你，只在分數大幅領先時被派上場練兵。

特質：吃食宿主忿忿不平的心態而茁壯。反之，若宿主隨遇而安，則命格會逐漸萎縮。

進化：千年一敗

（鍾瓊葶，苗栗後龍，好想談戀愛的青澀十七歲喔喔喔！）

第389話

樂眠七棺，共有八位戰士。

宮本武藏已經出棺，性格孤僻的他只是一昧求戰，並不理會上層指示。

牙丸傷心出棺已久，在陳木生與烏霆殲的夾擊下傲然殞命。

究竟剩下來的六位戰士……

北海道，知床國立公園。

美如仙境的原生林深處，各種野獸如狐狸、白尾海鵰、棕熊、海豹等，皆以最原始的姿態棲息其中。爲了保護牠們不被打擾，此處還被日本當局申報爲聯合國教科文組織的世界遺產——背後當然藏著秘密。

夜空呼嘯著十幾架軍事直昇機的螺旋槳聲，鳥獸驚散。

隸屬國境死衛團之一的「北海道武熊團」，與尚不知自身命運的一百名日本自衛隊隊員一齊下了直昇機，尋著指示解開機關鎖，迅速前往知床五湖底下，一條深鑿百年的密穴。

兩口比鄰相挨的巨大石棺。

矛盾的立場，相似的命運。

同樣不被上蒼收容的鬼族英雄。

「這就是了。」武熊團的團長土方歲三確認了石棺上的古咒字。

武藏坊弁慶

能登守平教經

依照指示，從未交手過的這兩人理所當然被分開來處理。

幾百年前就設想好了，巨大的機關啓動，年久卻定期保養的齒輪喀喀作響，履帶將兩口石棺慢慢推送到左右兩間空曠的「復活室」。

話說，能登守平教經出來玩過一次，而武藏坊弁慶也出來玩過一次，每次出來都死了不少人，要請他們進去也是費足了十分工夫。

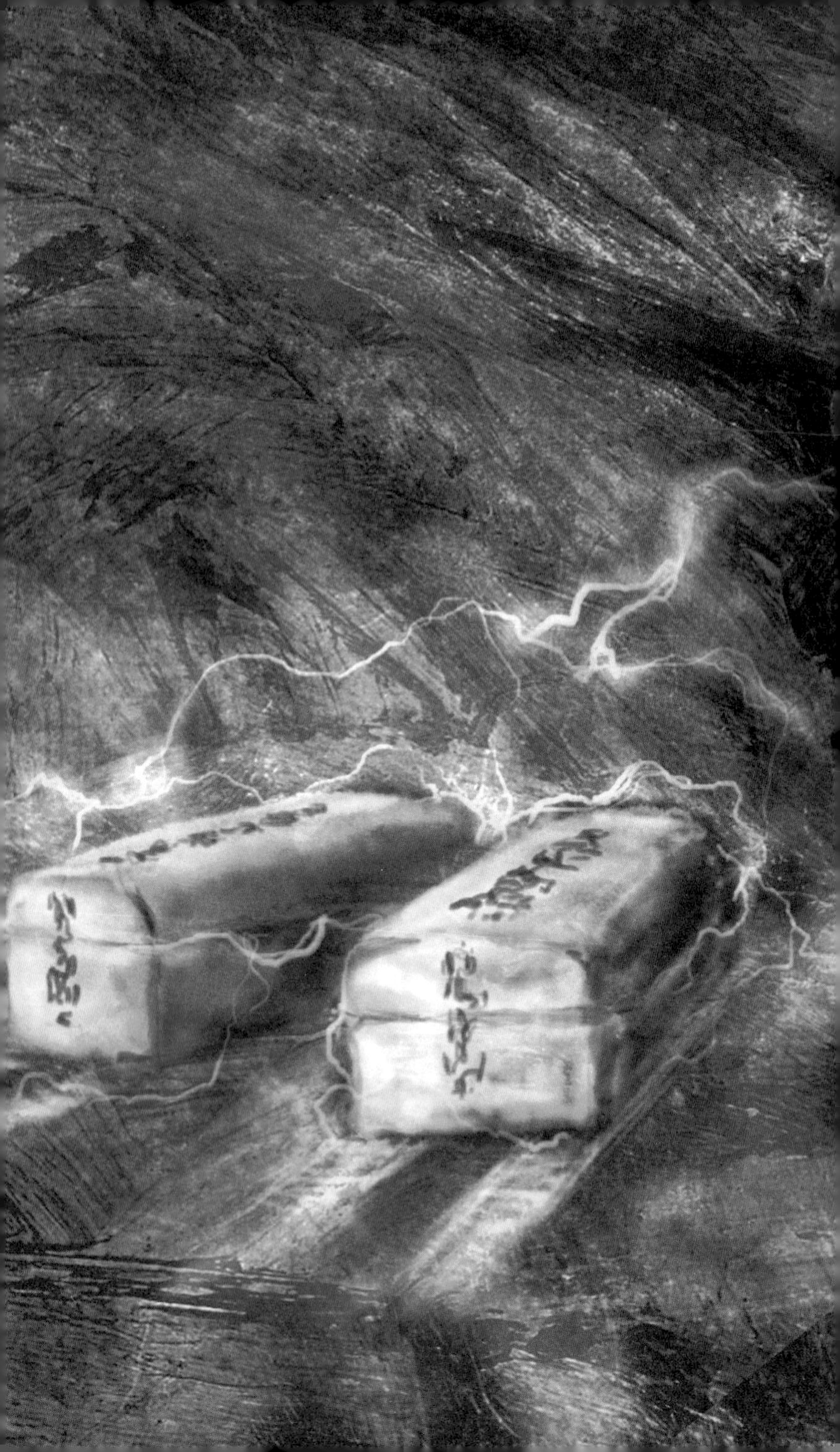

此時他們這兩個死對頭得一起出棺，還要請他們到東京協力備戰，眞是艱鉅的任務。幸好不論是多麼偉大的英雄人物，出棺的幾個小時內都還是很虛弱，若眞聽不懂人話，恐怕要動用一下讓他們大吃一驚的現代兵器，講講道理。

「現在，右邊五十，左邊五十。」

武熊團團長扭動粗壯的脖子，說道：「開棺預備，倒數三分鐘。」

一百名自衛隊隊員疑神疑鬼地進入左右兩間復活室，他們接到的命令是監視出棺者復活的過程，並帶了兩大箱冷凍血漿預備淋在出棺者身上，讓其飽餐一頓。

這些可憐的精銳身上攜帶了自動步槍與突刺刀，還有閃光彈、小型手榴彈、夜視鏡，身上的野戰軍服還是特殊塑料裝塡的新一代裝甲，可以抵擋住部分子彈的衝擊力，並模擬肌肉的伸縮功能，直接強化肉身攻擊的力道約四成。

一切一切，只爲了讓出棺者在最短的時間內醒活，用尖銳的痛覺代替迷惘的復甦。爲了更有趣，更有點看頭。

「關門。」武熊團團長微笑。

接下來發生的事，絕對不是任何人所能想像的……

第390話

日本海，距離日本本土僅十海哩處。

一艘小型潛艇緩緩地貼著海底，以一個斜度小心翼翼朝一道海溝潛行。

海溝很深，很黑，有一股自然生成的巨大魔力潛藏在裡頭。

心不甘情不願的潛艇啓動自動導航模式，讓科技的力量帶領他們深入海溝的最深處。沿途開始出現讓人眼花撩亂的深海發光體，水母、怪魚、奇藻、盲蝦……

「眞不曉得以前的人是怎麼在這種鬼地方建造基地的，那麼大本事。」潛艇上的指揮官用讚嘆的語氣抱怨。

一個空間計算上的微小誤差，或一道意料之外的激流猛襲，讓潛艇撞上了凹凸不平的海溝岩壁，大家都活不了命。

潛艇進入了海底，被十年前才新裝置好的空間機關吸納進去，進入巨大的水流渠道，藉著導航系統戒愼恐懼地繼續前進。幸好這次很快就到了目的地。

此處是一個以現代科技重新打造過的巨大囚牢。

簡單又無比堅固的構造裡，安置了兩口樂眠棺，一大一小。

大的棺很大，快要有一個足球場那麼大。

若非巨棺裡貯存著大量的安眠沼氣，就算銅牆鐵壁也困他不住。

像他那樣的「東西」，就算是最會做惡夢的高手也未必夢他得到。

小的棺其實不小，就跟其餘的樂眠棺一樣大小。

熟讀日本歷史的人，或許會認爲他才是眞正的天下無雙。

只有像他那樣的人，才有資格擺放在那個怪物身邊。

潛艇的官兵們開始下貨，將依照「緊急復活處理條例」從孤兒院徵召出來的熟睡的一百名童男童女，井井有條地排放在小棺前面。

「問問上面，鯨群都驅結完畢了嗎？」

負責任務的潛艇指揮官爲等一下看到的景象皺眉。

若不是非得以身作則，他眞想轉身背對那些亂七八糟的畫面。

「報告，是。」下屬回報。

「那麼，就依照程序，先把小棺打開吧。」

第391話

「老實說，我眞不想叫醒那個怪物……」

「……」

「如果聽不了話，我得親手押他回去，到時候會弄得我全身髒透。」

阿不思忙著下達啓動冰存十庫與樂眠七棺的配套命令，牙丸無道則與自衛隊將領們召開海空聯合作戰會議。兵力集結圖一次又一次重新排列組合。

日出後，就只有讓食物自己保護自己了。那時一定是人類攻擊的高峰。

阿不思盯著每一個樂眠七棺的出棺畫面。

其中她最在意的就是這一大一小彼此共貼的石棺。

文獻上記載，那口小棺裡的人曾經出棺過一次，而且還是跟另外兩口棺的人一齊出走的。不知道幹了什麼事，過了很久才又回到棺裡。

依照那小棺之人的聰明才智，這世界千百年來的激烈變化不過瞬息而已，一下子就能適應。

至於那超級巨棺裡的大傢伙……這個世界到底變了多少，天殺的毫無差別！

「不過，眞想看看美國人嚇得魂飛魄散的臉啊。」

阿不思微笑。

她的視線換到她不是很有興趣，卻比武藏坊弁慶加上能登守平教經都還重要的那一口棺。

那口棺位在上野盆地的三重縣西北部，與滋賀縣、奈良縣、京都府接壤，山區環抱的伊賀町，地勢險要，自古以來就是兵家必爭之地。

光是看埋葬的地名就知道封印的是誰。

服部半藏。

傳說中最強的忍者。

在伊賀忍者既輝煌又神秘的歷史中，服部家族扮演了重要的角色，族裡人人盡皆習忍，是出名的三大豪族之一。

相傳服部半藏是服部家前所未有的天才，在十五歲那年就將所有的忍術修行完畢，絲毫沒有各種忍術間不同屬種的互斥問題，在十八歲那年更修煉了敵族甲賀忍者的所有忍術，並娶了三名甲賀忍者爲妻。

是以，服部半藏終於靠著忍術與血緣統御了長年紛戰不休的伊賀、甲賀兩族，成爲兩族唯一共同承認的忍術宗師。

此後，有太多關於服部半藏的功績。

還有更多歷史上一無所悉，卻只能用「覆雨翻雲」形容的出色暗戰，也是服部半藏率領他的徒子徒孫鬼魅般完成任務。更絕的是，沒有人知道服部半藏的「歷史」該從哪個時間點開始記載，只知道，如果光是從協助德川家康夙興夜寐逃亡的那一段開始講述服部半藏的崛起，絕對太晚太晚。

若非忍術裡沒有可以信任的永生秘術、而服部半藏也實驗不出來的話，服部半藏絕對不會成爲血族的一員。血族能辦到的事，忍術都可以做到。

然而永生，畢竟對一個活得精彩痛快的忍者來說，太有魅力。

於是服部半藏向血族獻上了忠誠。

九把刀的秘警速成班（八）

現在世界上的獵人兵團很多，合法登記的有三百零四團，非官方記錄則估計在七百多團左右。人數不定，良莠不齊。

目前規模最大的七大獵人兵團有：鐵十字兵團、凡赫辛兵團、勝利火焰、雅典娜之劍、大漠之歌、千年長城、中國龍，其中歷史最悠久的是勝利火焰，而人數最多的則是與解放軍合作密切的中國龍。

這七大獵人團彼此經常合作狩獵流浪在各國邊境的超級吸血鬼，當然也存在著緊張的競爭關係。

世界獵人排行榜上的排名不只建立在個人名聲上，也是獵人團之間炫耀戰力的重要指標，所以排行榜前一百名的位置，不僅僅是個人能力所能達成，往往也是七大獵人團間政治性的角力。

第392話

負責打開服部半藏石棺的，是關西八絕斬之一的塚原卜傳。

接到了特急命令，率領著約莫十五個牙丸武士跟三十個全副武裝的自衛隊隊員，塚原迅速來到伊賀町的深山秘境。一到現場，卻發覺不大對勁。

刻意掩飾過的幽暗入口處，有些許剛剛才被移動過的痕跡。

牙丸武士用電子儀器檢測，果然此樂眠棺的沿途防盜裝置都失去了效果。

「有入侵者，快！」塚原當機立斷。

這麼巧？阿不思也沒特殊感覺，三重縣離東京太遠，鞭長莫及啊。

抱持著戰鬥的準備，塚原一行人火速衝進樂眠棺隧道。

「塚原，等一下戰鬥時記得打開你的眼罩監視器。」阿不思的指令。

「是！」

可眾人還沒來到置棺處，塚原就遭遇了伏擊。

仗著地理優勢，無數鑲銀的子彈快速襲向塚原一行人，塚原等武士死傷慘重。

隧道說大不大說小不小，只要一顆手榴彈引爆，要尋原路出去就只有硬幹的份。戰鬥雖省下了同歸於盡的大爆炸，然而伏擊的敵人佔了地理優勢，一邊侵棺，一面在隧道裡架起了自動機槍用火力壓制，令塚原等人幾乎無法動彈。

「不知道我們早就來了嗎?讓你們瞧瞧凡赫辛兵團的手段!」

「我們會成爲第一支在日本境內立下大功的獵人團!下地獄吧!」

子彈呼嘯，除了同伴的屍體，幾乎無法尋找掩體擋住這些攻擊。

這樣下去，絕對會全軍覆沒的。

塚原咬著牙，一口氣衝出!

「大家跟上我——塚原天眞滅神劍!」

不愧是曾經稱霸一方的劍客，塚原的刀氣化作一道光幕劈開了漫天子彈，瞬間就殺進敵人的埋伏裡。這下子，近身戰就是勇氣與砍殺的結合藝術了。

血光四濺，兩個操自動機槍的獵人被殺破了喉嚨。

「塚原這傢伙還可以嘛。」阿不思看著螢幕，一面下達關西的兵力支援。

塚原是強，但阿不思可沒忘記，「凡赫辛」這一支素有歷史傳統的獵人兵團曾讓她吃盡苦頭。膽敢在這種時刻衝到日本蹂躪樂眠七棺的獵人團，不是瘋子，就是太強……
裡面一定有非常可怕的高手。

這支獵人團只犧牲了五個人，就用慘烈的圍攻擋下了塚原的推進。

然後，第六個人完全停止了塚原的腳步。

那人靈動飛快的刀法配合奇異的步伐，勉強擋住塚原的刀勢。

勢均力敵的情況並沒有僵持太久。

黑暗中，無聲無息的，第七個人從塚原的背後出了一刀。

塚原的眼睛瞪大，那一刀直接從他的額頭上淌了出來。

他聽見最後的聲音，是腦子團全部揪在一塊的緊繃聲。

「死吸血鬼，吾乃凡赫辛兵團第十二代副團長，記住了。」

那副團長慢慢抽出他刺進塚原腦袋的軍刀，一腳踢開。

接下來，就是一面倒的屠殺了。

「幸好沒發現我還在偷看啊。」阿不思揉揉眼睛。

塚原竟然會死在這種爛偷襲上，未免也太沒有爆點。

眞想自己上啊。

緊接著，暗自潛入破壞的凡赫辛兵團繼續他們原來要做的事。

十幾個獵人將沉重的石棺從洞竅裡拖出。

「按照服部半藏的第一套劇本，必定是等你們開棺殺他的一瞬間，一口氣把你們這些小屁孩統統殺掉。」阿不思泡了一杯茶，手指掂著載沉載浮的茶包，準備看好戲。

她跟服部半藏沒見過面，單憑聽聞過的神奇事蹟就有足夠的信心。

只見獵人們開始鑽孔，雷射激光迅速將堅硬的石棺表面燒出一個深洞。

「再怎麼厲害的吸血鬼，都免不了怕兩種東西。」獵人副團長在棺木上敲敲。

一種是銀。另一種就更絕了，陽光。

最絕的陽光沒有辦法隨身攜帶，但銀可以。

拿出沉重的特殊裝備，眾獵人訓練有素地將液態銀灌進孔中，一口氣就灌入了足以殺死一萬個吸血鬼的份量。

「……這挺不妙的。」阿不思苦笑。

也沒叫牙丸無道過來一起欣賞，阿不思自己一個人喝著茶，觀看一代忍者天王是怎麼被惡搞到死。

到底像服部半藏這種無所不能的天才，會怎麼脫困呢？

已經到了這種地步，眞的還有辦法脫困嗎？

又回到那一句電影對白：「天底下並沒有眞正的不敗，問題是，你怎麼將他打敗？」

或許中的或許，這就是唯一可以確實殺掉服部半藏這永遠不敗的方法了。

「服部半藏的第二套劇本，就是你已經練成了不怕銀的奇妙忍術，等他們放下戒心，打算開棺零碎你的屍體，就是你逆轉勝的開始。」阿不思隨便亂講。

可惜事情還沒結束。

所有獵人都拿起了雷射光激槍，各自從不同的角度切割石棺。

隨便亂計算，如果每條雷射激光都從頭切到尾，石棺至少會被切成五十多等分。不管裡面躺的是誰，都會死得不能再死。

「……」阿不思感覺，這些獵人眞是夠婆媽的了。

約莫過了三分鐘，緩慢的虐屍秀終於結束。

石棺在瞬間分崩離析。

凡赫辛兵團副團長一腳踢開碎爛的石棺表面。

答案是……

阿不思差點將手上的茶給打翻。

阿不思大笑。

「竟然還有第三套劇本！」

第393話

中央藥氣供輸系統的運作聲，隆隆不絕於耳。

蜂巢般的巨型地底城，有種後現代主義的荒謬感。

塡充似的，無數個絕對密封的藥氣鋼槽裡，囚禁著一萬名血族戰士。

這一萬名血族戰士已沉睡了七十五年。

雖然在上層刻意的隱藏下，幾乎沒有人到過這個鬼地方，但監控的儀器還是負責任地運作著，溫度、壓力、藥氣濃度，都維持在穩定狀態。

穩定還不足以信任。經過科學計算，大約有百分之三到百分之五的冬眠戰士會醒不過來，原因很多，但籠統說起來還是跟個體的體質有關。

基本維繫生命的冬眠氣體，原本就不可能十全十美，而冬眠的個體之間的差異很大，有的會產生抗藥性，冬眠不到一年就會在睡夢中病發死去。有的會在冬眠的漫長歲月中突然驚醒，被莫名其妙的情緒給自己嚇死。最多的狀況，便是體質特別虛弱，長期冬眠得不到最基本的營養，也會慢慢死去。

儘管冬眠氣體的配方持續改進，但改進過後的配方不可能立刻取代原先的藥氣，因爲風險太大，一口氣更換配方恐怕有騷擾冬眠者的可能。萬一在置換藥氣時不小心讓冬眠者集體醒來，那麼……在那種情境下，迫切需要解決的問題便是──一萬人剛剛醒過來時，那一萬人份的巨大飢餓！

灰頭土臉到了這裡，漢彌頓對宮澤佩服到頂點。

一眼望過去，就像木乃伊的大賣場。

「幹得好。」威金斯肯定地拍拍宮澤的肩膀。

「何足掛齒。」宮澤的心裡倒是一點感覺也沒有。

按照宮澤的推算，東京共有六個冰存十庫的據點。

六分之一的機會，竟然讓宮澤帶領這個精英獵人團在多摩市的市郊地底找到了這個大巢穴。如果將戰略型核彈裝在此處，一引爆，東瀛吸血鬼的肉搏戰戰力絕對會損失超過三分之一。

「不會錯，中了大獎。」漢彌頓拍拍手上的灰塵。

「全部都是伊賀與甲賀忍者，各五千名。」天才好手佩提讀著日文。

最老經驗的尤恩站在一萬名伊賀甲賀的「鬼忍者」中間，感覺到一股不寒而慄的氣氛。牙丸禁衛軍要真啟動了這一萬名超級中的超級精銳，無論人類的特種部隊白天怎麼蹂躪日本，一入了夜，這一萬名鬼忍者就可以連本帶利地討回來。

七大獵人團中的任一個，跟這一萬名鬼忍者幹上，絕對會在三個小時內全軍覆沒。毋庸置疑，毫無疑問，百分之百，千真萬確。

「這是最大的幸運。」尤恩克制語氣中的發抖。

殺過最多的吸血鬼，變強了，但也變聰明了。然而不是一昧的勇敢，而是「懂得怕吸血鬼」這個危機思考，才讓當過勝利火焰兵團團長的尤恩一直活到現在。

「要幹就要快。」宮澤口氣平淡，像是完全置身事外的人：「戰爭開打在即，吸血鬼隨時都會過來啟動這些隱藏兵力，你們的動作要快。」

但宮澤的好奇心卻是天生強烈，在炸藥摧毀這裡之前，他不斷東看看西摸摸，想了解的事物實在太龐雜了。

「是，炸了這裡，等一下再去炸別的地方，一口氣閹了那些臭吸血鬼的卵蛋，看他們拿什麼跟我們打！哈哈！」炸藥專家賈納德打開超級重的背包，小心翼翼取出防震櫃中的核裝置，開始複雜的設定。

智商一百七十六的辛辛納屈跟宮澤一樣，對這個呼吸困難的地底感到異常興趣，唯一不同的是，在他入迷之前，注意到了一件事。

「威金斯呢？」辛辛納屈隨口問。

這一問原本沒什麼了不起，眾人各自做著各自的事。

但辛辛納屈隔了十秒又問了一次：「我說，威金斯不見了？」

所有人不約而同愣住，轉頭看著發問的辛辛納屈。

啞巴查特瞪著漢彌頓，漢彌頓瞪著佩提，佩提看了看正在設定核彈的賈納德，賈納德慢慢地看了最老經驗的尤恩，而尤恩將視線壓在從頭到尾都讓人很不舒服的嗜獵者黑天使。

就是沒有人搭腔。

「沒人看見威金斯嗎？黑天使，你一向走在最後面。」尤恩。

「……剛剛進來的時候還有看見。」黑天使低沉的聲音。

「我記得走進來的時候，威金斯還拍過我的肩膀。」宮澤背脊發涼。

「是嗎？」漢彌頓警戒地看著周圍。

原本將血族一軍的勝利氣勢瞬間凍結了。

突然，啞巴查特後退一步，猛一抬起頭。

這個瞬間抬頭的動作，讓所有人都警戒地往上看。

啞巴查特快速絕倫地衝向正在裝置核彈的賈納德。

一眨眼，切開了賈納德的喉嚨！

「誰！」黑天使手中鋼鏢射出。

啞巴查特消失，鋼鏢全釘在藥氣鋼槽上。

眼睛比鷹還銳利的漢彌頓注意到，消失的查特並非以超快速的身法躲開鋼鏢，而是根本就「突然瞬間移動了」！

啞巴查特出現在賈納德的身後，一腳將核彈裝置給踢得老遠。

賈納德摀著被劃開的脖子不斷想叫，痛苦異常。

啞巴查特微笑，在眾人的疑惑注視下，從後面慢慢抓住賈納德的腦袋，一轉，結束了令強壯勇猛的賈納德難堪的最後畫面。

「爲什麼要當叛徒？」黑天使沉住氣，全身散發出污濁的殺氣。

「叛徒？」啞巴查特開口，眾人更吃一驚。

只見啞巴查特哈哈大笑，拍拍自己的臉。用力拍，用力拍。

五官一陣亂七八糟的猙獰，然後，慢慢變成了另一張臉。

一張慈眉善目，凡是都好商量的大好人樣貌。

「幸好我發現得快，要不，我的徒子徒孫豈不是要被你們趕盡殺絕？」

那人突然雙手各捧一顆頭顱，一顆是查特的，一顆是威金斯的。

沒有人知道這怪人何時出現，更別提他究竟是什麼時候動的手。

完全一團迷霧……

一時間苦無如雨噴出，四面八方盡是奔騰幻影！

「不用記也沒關係！吾乃，再也不想進那臭棺材的——」

還有誰？
服部半藏是也。

《獵命師傳奇》卷十三　完

凱因斯瞪著空蕩蕩的石棺材，已經好久好久了。

難得的，他很失望。

空棺並非不在意料之中的幾個可能之一，但真的是空棺，還是教人心癢難搔。

這麼說起來，既然逮不到「那個人」，就表示這次的戰爭可以跟「那個人」鬥一鬥囉？

也好，在樂眠七棺裡，就只有「那個人」的等級跟其他人不一樣。

完全不能相提並論。與他為敵，那就是戰爭的規模，不再是單打獨鬥的比武過招。風險很大，遊戲的品質也相對提高。

但，現在要怎麼平息心中那股鬱鬱不樂的失望感？

凱因斯突發奇想，下令：「聽好，將那幾百個沒有標記的吸血鬼再打一次藥，在兩個小時內放他們到紐約街上去玩一玩，幫那些天真的人類上一堂……什麼叫惡夢實現的課。」

獵你的創意，秀你的圖
「獵命師大募集！」活動

發揮你的想像，秀出你的創意，畫出或者cosplay《獵命師傳奇》你心目中的故事角色，我們將於《獵命師傳奇》最新一集出版前，固定由作者過九把刀親自遴選，刊登在當集的獵命師書中喔！讓你的創意在《獵命師傳奇》的世界中登場，還可以得到獵命師限量周邊！

活動詳細活動辦法，請至蓋亞讀樂網貼圖區參觀
http://www.gaeabooks.com.tw/

· 大賞得主除可得到《獵命師傳奇》新書一本，還另有神祕禮物喔。
· 入選者可得《獵命師傳奇》新書一本。

【本集大賞】

PAPARAYA◆卡律布狄斯

刀大評語：
竟然會想到要畫這個，算你厲害啦！上色也很專業耶，下次來應徵吧！

myairfish◆
牙丸阿不思與城市管理員

刀大評語：
很有故事裡的感覺，命運曖昧的兩人，不過那個大斧頭已經很久沒拿了啦！

tina71015 ◆薩克

x10803173 ◆魔音穿腦

PAPARAYA ◆ J 老頭

eva000206 ◆自己猜吧...

student94320 ◆城市管理人

lark ◆優香

zero ◆烏霆殲

sola ◆烏拉拉

oshicaca ◆上官v.s.賀

giato7949 ◆烏拉拉

firesea1 ◆烏霆殲

iloveallen ◆嚇壞啦，書恩!?

p89052 ◆阿不思

faintvoice ◆神谷

holkssan1976 ◆宮本武藏

kennytun0605 ◆
烏拉拉Ｘ宮本武藏

abctina2000 ◆張熙熙

ababc13 ◆宮澤

wen019◆阿海

zero◆牛若丸

clueandtrue◆烏拉拉

upseeq◆虎鯊合成人

ababc13◆風宇

nonsense◆張熙熙

dp8016◆紳士

sone0927◆優香

tu0000◆優香

ohytoster◆上官無筵

狂風之嘯◆烏家兄弟

XXII6811◆上官無筵

超級死兔子◆牙丸千軍

limbasong◆烏拉拉&神谷

jwang0215◆聖耀&麥克

a310046◆阿海

cloud9010◆千軍萬馬珍重再見

shadowclamp◆獵命師小隊

david82112◆義經 破壞神

熊熊◆牙丸傷心

mylove88520◆八寶君

Hisoka◆浴血城市-烏拉拉

yc204222◆烏拉拉

ob203b◆宮澤

fwkh77771018◆賽門貓

mylove88520◆
那一夜，我們幹架之張熙熙版

integral◆神谷・找鑰匙

inte9801◆宮本武藏

冥鬼 MK◆大鳳爪

a310046◆烏拉拉 /烏霆殲

sagin◆牙丸千軍

koby1996◆宮本武藏

b216115◆風小宇

sgfw◆阿不思

fdlwyaly◆神道

s59986685◆制服神谷

sagin◆烏霆殲

jwang0215◆賽門貓

lucifer13◆廟歲

rabi810◆獵命師大集合

chermione◆神谷同學

冥鬼 MK◆唐郎

papabearche◆烏拉拉!!!

p89052◆徐福老頭有你真好

※ 想看得更清楚？想要發表自己的畫？請上網～ http://www.gaeabooks.com.tw

蓋亞文化圖書目錄

書名	系列	作者	ISBN	頁數	定價
恐懼炸彈（新版）	都市恐怖病	九把刀	9789867450340	320	260
大哥大	都市恐怖病	九把刀	9789866815690	256	250
冰箱	都市恐怖病	九把刀	9789867929761	240	180
異夢	都市恐怖病	九把刀	9789867929983	304	240
功夫	都市恐怖病	九把刀	9789867450036	392	280
狼嚎	都市恐怖病	九把刀	9789867450142	344	270
依然九把刀（紀念版）	非小說・九把刀	九把刀	4710891430485		345
綠色的馬	九把刀・小說	九把刀	9789866815300	272	280
後青春期的詩	九把刀・小說	九把刀	9789866815799	272	250
樓下的房客	住在黑暗	九把刀	9789867450159	304	240
獵命師傳奇 卷一～卷十二	悅讀館	九把刀			各180
獵命師傳奇 卷十三、卷十四	悅讀館	九把刀			各199
臥底	悅讀館	九把刀	9789867450432	424	280
哈棒傳奇	悅讀館	九把刀	9789867929884	296	250
魔力棒球（修訂版）	悅讀館	九把刀	9789867450517	224	180
都市妖1　給妖怪們的安全手冊	悅讀館	可蕊	9789867450197	240	199
都市妖2　過去我是貓	悅讀館	可蕊	9789867450241	232	199
都市妖3　是誰在唱歌	悅讀館	可蕊	9789867450272	208	180
都市妖4　死者的舞蹈	悅讀館	可蕊	9789867450357	240	199
都市妖5　木魚和尚	悅讀館	可蕊	9789867450395	240	199
都市妖6　假如生活騙了你	悅讀館	可蕊	9789867450425	200	180
都市妖7　可曾記得愛	悅讀館	可蕊	9789867450562	240	199
都市妖8　胡不歸	悅讀館	可蕊	9789867450623	240	199
都市妖9　妖・獸都市	悅讀館	可蕊	9789867450753	240	199
都市妖10　妖怪幫幫忙	悅讀館	可蕊	9789867450784	240	199
都市妖11　形與影	悅讀館	可蕊	9789867450951	240	199
都市妖12　小小的全家福	悅讀館	可蕊	9789867450982	240	199
都市妖13　圈套	悅讀館	可蕊	9789866815539	240	199
都市妖14　白鶴與蒼狼	悅讀館	可蕊	9789866815287	224	199
青丘之國（都市妖外傳）	悅讀館	可蕊	9789867450470	320	220
都市妖奇談 卷一～卷三（完）	悅讀館	可蕊	9789866815058		各250
捉鬼實習生 1 少女與鬼差	悅讀館	可蕊	9789866815119	208	180
捉鬼實習生 2 新學期與新麻煩	悅讀館	可蕊	9789866815126	240	199
捉鬼實習生 3 借命殺人事件	悅讀館	可蕊	9789866815263	352	250
捉鬼實習生 4 兩個捉鬼少女	悅讀館	可蕊	9789866815270	256	199
捉鬼實習生 5 山夜	悅讀館	可蕊	9789866815409	208	180
捉鬼實習生 6 亂局與惡鬥	悅讀館	可蕊	9789866815416	240	199
捉鬼實習生 7 紛亂之冬（完）	悅讀館	可蕊	9789866815515	240	199
捉鬼番外篇；重逢	悅讀館	可蕊	9789866815652	320	250
百兵　卷一～卷三	悅讀館	星子	9789867450456	192	各180
百兵　卷四～卷八（完）	悅讀館	星子	9789867450531	272	各199
七個邪惡預兆	悅讀館	星子	9789867450913	272	200
不幫忙就搗蛋	悅讀館	星子	9789867450258	308	220
陰間	悅讀館	星子	9789866815027	288	220
黑廟　陰間2	悅讀館	星子	9789866815577	256	220
無名指　日落後1	悅讀館	星子	9789866815362	336	250
囚魂傘　日落後2	悅讀館	星子	9789866815446	288	240
蟲人　日落後3	悅讀館	星子	9789866815713	280	240
太歲（修訂版）　卷一～卷七	悅讀館	星子	陸續出版		各280
太古的盟約　卷一～卷四	悅讀館	冬天			各240
太古的盟約　卷五～卷八	悅讀館	冬天			各199

＊實際定價以各書版權頁為準

東濱故事集　惡都1	悅讀館	喬靖夫	9789866815829	208	180
惡魔斬殺陣　吸血鬼獵人日誌 I	悅讀館	喬靖夫	9789867450821	240	199
冥獸酷殺行　吸血鬼獵人日誌 II	悅讀館	喬靖夫	9789867450838	240	199
殺人鬼繪卷　吸血鬼獵人日誌 III	悅讀館	喬靖夫	9789867450920	240	199
華麗妖殺團　吸血鬼獵人日誌IV	悅讀館	喬靖夫	9789867450937	368	250
地獄鎮魂歌　吸血鬼獵人日誌 特別篇	悅讀館	喬靖夫	9789867450999	192	129
殺禪　全八卷	悅讀館	喬靖夫			各180
誤宮大廈	悅讀館	喬靖夫	9789866815423	256	220
天使密碼 01 河岸魔夢	悅讀館	游素蘭	9789866815386	272	220
天使密碼 02 靈夜感應	悅讀館	游素蘭	9789866815614	256	220
異世遊1	悅讀館	莫仁	9789866815584	304	240
異世遊2	悅讀館	莫仁	9789866815591	304	240
異世遊3	悅讀館	莫仁	9789866815720	296	240
異世遊4	悅讀館	莫仁	9789866815737	304	240
山貓　因與聿案簿錄1	悅讀館	護玄	9789866815560	256	220
水漬　因與聿案簿錄2	悅讀館	護玄	9789866815645	256	220
彩券　因與聿案簿錄3	悅讀館	護玄	9789866815775	256	220
祕密　因與聿案簿錄4	悅讀館	護玄	9789866815836	256	220
伏魔　道可道系列1	悅讀館	燕壘生	9789867450630	168	139
辟邪　道可道系列2	悅讀館	燕壘生	9789867450647	168	139
斬鬼　道可道系列3	悅讀館	燕壘生	9789867450722	224	180
搜神　道可道系列4	悅讀館	燕壘生	9789867450739	224	180
道門秘寶　道可道系列5	悅讀館	燕壘生	9789866815522	320	250
活埋庵夜譚（限）	悅讀館	燕壘生	9789867450333	224	200
仇鬼豪戰錄 套書（上下不分售）	悅讀館	九鬼	9789866815379		499
彌賽亞：幻影蜃樓 上下兩部	悅讀館	何弼＆ 櫻木川	9789867450609	240	各180
希臘神諭	悅讀館	戚建邦	9789866815706	320	250
銀河滅	悅讀館	洪淩	9789866815508	288	240
公元6000年異世界（新版）	悅讀館	Div	9789866815621	312	240
天外三國　全三部	悅讀館	Div			各180
永夜之城　夜城1	夜城	賽門・葛林	9789867450760	288	250
天使戰爭　夜城2	夜城	賽門・葛林	9789867450845	304	250
夜鶯的嘆息　夜城3	夜城	賽門・葛林	9789867450968	304	250
魔女回歸　夜城4	夜城	賽門・葛林	9789866815041	336	280
錯過的旅途　夜城5	夜城	賽門・葛林	9789866815232	352	299
毒蛇的利齒　夜城6	夜城	賽門・葛林	9789866815393	360	299
影子瀑布	Fever	賽門・葛林	9789866815607	464	380
善惡方程式（上下不分售）	Fever	珍・簡森	9789866815478	842	599
德莫尼克（卷一）不是所有的孩子都是天使	符文之子2	全民熙	9789867450388	336	280
德莫尼克（卷二）微笑的假面	符文之子2	全民熙	9789867450418	336	280
德莫尼克（卷三）失落的一角	符文之子2	全民熙	9789867450449	336	280
德莫尼克（卷四）劇院裡的人們	符文之子2	全民熙	9789867450579	352	280
德莫尼克（卷五）海螺島的公爵	符文之子2	全民熙	9789867450692	336	280
德莫尼克（卷六）紅霞島的秘密	符文之子2	全民熙	9789866815089	368	280
德莫尼克（卷七）躲避者，尋找者	符文之子2	全民熙	9789866815355	368	299
德莫尼克（卷八）與影隨行（完）	符文之子2	全民熙	即將出版		
符文之子 卷一：冬日之劍	符文之子1	全民熙	9789866815133	360	299
符文之子 卷二：衝出陷阱，捲入暴風	符文之子1	全民熙	9789866815140	320	299
符文之子 卷三：存活者之島	符文之子1	全民熙	9789866815157	336	299
符文之子 卷四：不消失的血	符文之子1	全民熙	9789866815164	352	299
符文之子 卷五：兩把劍，四個名	符文之子1	全民熙	9789866815171	352	299
符文之子 卷六：封印之地的呼喚	符文之子1	全民熙	9789866815188	352	299
符文之子 卷七：選擇黎明（完）	符文之子1	全民熙	9789866815195	432	320

＊實際定價以各書版權頁爲準

國家圖書館出版品預行編目資料

獵命師傳奇. Fatehunter / 九把刀 著；
——初版.——台北市：蓋亞文化，2005【民94-】
冊； 公分.——（悅讀館）
ISBN 978-986-6815-44-7（第13卷：平裝）

857.83 96025712

悅讀館 RE083

獵命師傳奇系列【卷十三】

作者／九把刀（Giddens）
繪圖／練任
出版社／蓋亞文化有限公司
地址◎台北市103赤峰街41巷7號1樓
電話◎（02）25585438 傳眞◎（02）25585439
網址◎www.gaeabooks.com.tw
服務信箱◎gaea@gaeabooks.com.tw
投稿信箱◎editor@gaeabooks.com.tw
郵撥帳號◎19769541 戶名：蓋亞文化有限公司
法律顧問／義正國際法律事務所
總經銷／聯合發行股份有限公司
地址◎新北市新店區寶橋路二三五巷六弄六號二樓
電話◎（02）29178022 傳眞◎（02）29156275
港澳地區／一代匯集
電話◎（852）27838102 傳眞◎（852）23960050
地址◎九龍旺角塘尾道64號龍駒企業大廈10樓B&D室
初版八刷／2014年8月
定價／新台幣 199 元
Printed in Taiwan

ISBN／978-986-6815-44-7

RE083
GAEA

獵命師傳奇

天命在我・自創一格
──創意命格有獎徵文活動

替獵命師們構想奇命！為自己開創中獎命數！

由於反應熱烈，命格徵文活動將改爲每集固定舉行。我們會在每集《獵命師傳奇》出版前，固定由作者九把刀遴選2～3則投稿，讓你設計的命格在下一集《獵命師傳奇》的世界中登場！

獲選者可獲贈《獵命師傳奇》週邊商品，及九把刀最新作品一本。

■ 注意事項

◎命格投稿請比照書中一貫的描述格式，並填寫於本回函所附表格

◎請參加讀友留下正確姓名地址，以便發表時註明構想者與贈獎。

◎本活動遴選之命格使用權利歸蓋亞文化有限公司所有。

◎活動及抽獎結果，將於每集《獵命師傳奇》出版時公布於蓋亞讀樂網。

◎本抽獎回函影印無效。

姓名：＿＿＿＿＿＿＿＿ **出生日期：**＿＿年＿＿月＿＿日 **性別：**□男 □女

聯絡電話：＿＿＿＿＿＿＿＿

E-mail：＿＿＿＿＿＿＿＿＿＿＿＿＿＿＿＿

地址：□□□＿＿＿＿＿＿＿＿＿＿＿＿＿＿＿＿

命格名稱：＿＿＿＿＿＿＿＿

命格：＿＿＿＿＿＿＿＿

存活：＿＿＿＿＿＿＿＿

徵兆：＿＿＿＿＿＿＿＿

特質：＿＿＿＿＿＿＿＿

進化：＿＿＿＿＿＿＿＿

關於命格投稿，九把刀會針對讀者的想法創作更完整的設定修改，以符合故事的需要，或九把刀個人愛胡說八道的壞習慣。戰鬥吧！燃燒你的創意！

廣告回信 郵資免付
台北郵局登記證
台北廣字第 675 號

GAEA

蓋亞文化有限公司　收

103 台北市赤峰街 41 巷 7 號 1 樓

GAEA